徐鲁 著

林中空地的光

天津出版传媒集团

百花文艺出版社

图书在版编目（ＣＩＰ）数据

林中空地的光 / 徐鲁著. -- 天津：百花文艺出版社，2025. 5. -- ISBN 978-7-5306-9105-2

Ⅰ. I267

中国国家版本馆 CIP 数据核字第 20251MH130 号

林中空地的光
LINZHONG KONGDI DE GUANG

徐鲁　著

出 版 人：薛印胜

策划统筹：王　燕

责任编辑：王　燕　徐　姗

装帧设计：彭　泽

出版发行：百花文艺出版社

地址：天津市和平区西康路 35 号　邮编：300051

电话传真：+86-22-23332651（发行部）

　　　　　+86-22-23332656（总编室）

　　　　　+86-22-23332478（邮购部）

网址：http://www.baihuawenyi.com

印刷：天津新华印务有限公司

开本：880 毫米×1230 毫米　　1/32

字数：180 千字

印张：7.625

版次：2025 年 5 月第 1 版

印次：2025 年 5 月第 1 次印刷

定价：68.00元

如有印装质量问题,请与天津新华印务有限公司联系调换

地址:天津东丽开发区五经路 23 号

电话:(022)58160306　邮编:300300

目录

第一辑　山河儿女

第二辑　灯火故乡

第三辑　楼船夜雪

第一辑

山河儿女

奔腾的春溪

一

早春时节的土地是松软的。山雀子噪醒的山岭间，一抹雨烟。每一寸湿润的泥土下，都在萌生着蓬勃的生命力。

侧耳细听，从远处青翠的茶山上，传来一声声布谷和鹧鸪的啼唤；山坡下的楠竹林里，回应着竹鸡、斑鸠和抱窝的鸟儿们的咕哝与呢喃。

"滴水快，滴水快，山里女伢掐苦菜。"鄂南幕阜山的孩子们，一听到竹鸡叫，就会唱起这首儿歌，去应和竹鸡们的叫声。

早春时节，清晨的竹林里还有点凉飕飕的，竹鸡们一只挨着一只排成一串，横着蹲在竹枝上，相互挨近了取暖。

幕阜山人也把竹鸡叫作"泥滑滑"。仔细听去，竹鸡的叫声真的像是一遍遍在喊着："泥滑滑，泥滑滑……"

积满落叶的小路上，闪亮着一小团一小团的积水。马兰花和二月兰，开在静悄悄的崖畔；水竹和水柳，长在蓝幽幽的河腰。

幕阜山总是让我魂牵梦绕。回到山区的头一天，天还蒙蒙亮，我就被满山的鹧鸪和布谷的啼唤声给吵醒了。

幕阜山区的植被，以长得又高又粗的楠竹居多。还有一种竹竿纤细的雷竹，据说是每年春雷滚动的时候破土而出，蹿得很快。山里的孩子们一到这个时节，就喜欢到山前或屋后的小竹林里，去捡新鲜的蘑菇，去拔幼嫩的雷竹笋子。这是山里人家饭桌上的时令野蔬。

除了楠竹和雷竹，还有枫、樟、松、板栗、柞、野樱、乌桕等常见的杂植。竹木繁茂的地方，鸟雀就多。鸟雀噪林，是山塆的清晨和傍晚的生活日常。

竹鸡、鹧鸪、斑鸠、布谷、喜鹊、黄莺、画眉、乌鸫、八哥、水鹨鸪、秧鸡……都是山塆出色的"歌手"。只要你肯驻足倾听，任何时候，这些快活的歌手都愿意为你来一曲"大合唱"。布谷和斑鸠先带个头，然后众鸟响应，不同的"声部"和"音色"，应有尽有。

晨风拂过楠竹林，每一片竹叶上都抖动着晶亮的露珠。山里的空气充满清新的味道。仔细嗅辨，空气里还有新鲜的泥土味道，有刚刚冒出地面的菌子和笋子的味道，还有几丝青茶的味道……

二

立春和雨水已过，惊蛰正在临近，离花汛时节也不远了。

这时候，如果你不是身在山塆，不是徘徊在山塆人家的屋前与山后，你很难真切感受到什么叫"春雨如烟"。

没有在山塆人家生活过的人，很难分清什么是云烟，什么是雨雾。实际上，同样是飘绕的烟雾，也分出好几种。

炊烟，是每一座小山塆的日常。每到日出和日落时分，远远近近的村落，哪怕是散落在山腰或山脚下的一两户人家，也会准时升起袅袅的烟缕。

风和气温的缘故，住在山腰的人家，炊烟会升得很高，无论在哪面山坡、哪个山口劳作的人，远远地就能看见；而住在山脚下或河谷的人家,炊烟从烟囱一冒出就会散开,匍匐在一座座屋顶上苍黑的瓦脊之间,久久不肯散去。

岚烟,就是我们常说的山岚,那是山中的雾气。仿佛大山每天呼吸的气息,升空为云,贴地为烟。比起炊烟来,岚烟要洁白一些。眼下正是春天,岚烟是湿润和低沉的,而秋天的岚烟,会变得干爽和轻淡,成为秋高气爽的标志。茫茫山岭是岚烟的家乡,大山因为有了流动的岚烟,也就有了气韵,有了动态的风姿。

山区里还有一种烟气,就是湖烟与河烟。春天里细雨蒙蒙,丰富的水汽聚集和浮漾在湖面或河面上,形成一层淡淡的、薄薄的湖烟或河烟。它们跟着小船和摆渡人,跟着过湖和过河的客人,从这岸,飘到对岸。落在船帮上,落在衣服和头发上,落在船篙上,落在狗儿的毛皮上……瞬间都变成了湿漉漉的露水。

如果淡淡的湖烟和河烟落在青翠的楠竹叶上,落在小野花的花瓣上,就会变成晶亮的露珠,成为在清晨里早早醒来的小鸟们的饮料。这些晶亮的露珠,伴随着小鸟的歌声,一起滚落到竹林下面的大地上……

走在幕阜山的春天里,泥泞的小路和田埂,轻柔的云雾和烟雨,潺潺流淌的春溪,无不牵引着我的乡愁,逗惹着我的情思,也拂撩着我的记忆……

山里人家喜欢傍水而居。富水河有一条支流,叫桃花溪。清亮的桃花溪一路唱着歌,弯弯曲曲地流淌,经过许多垸子,绕过不少山脚。向晚时分,在桃花溪潺潺流过的一个长满水竹、鸭舌草和矮菖蒲的埠头,几块光滑的捶衣石上,我坐下来休息。

这些捶衣石,在清晨和傍晚是属于洗衣、捶衣的女子们的。伴随着捶衣棒槌的击打声,捶衣女子们嬉笑着聊着家长里短,是溪边最生动的一景。

"归家喽——"不一会儿，炊烟送来晚饭的气息。村里，此起彼落地响着唤归的母亲们的声音。

玫瑰色的晚霞，把小塆的屋顶、田畈、树和溪水，映照得红彤彤的。起身的瞬间，我伸出双手，从溪水里轻轻撩起一串彩色的水花。

山里的溪流，又清又浅。只要一夜雨水，溪流就会平了这埠头，平了不远处的小石桥。

三

翌日，一位年轻的驻村工作队队长，带我上山去看他们栽下的柑橘林。此刻，满山满谷，都是闪闪发亮的新绿。

一路上，除了清脆的鸟声，细听还有溪声。鸟声洗耳，溪声洗心。每一声鸟鸣，都让人顿生美丽的乡愁；每一条细小的山溪，都像是闪亮的琴弦，叮咚演奏着大地的音乐。

身处此情此景，我的心里不禁生出起几缕古意。

假如我是一位满怀闲情逸致的漫游者，到此真可以莫问前路了。放下身上的行囊，独自流连在这春山之上，或坐看闲云出岫，或遥望白云生处的人家，或者干脆赤脚涉过山溪，随意叩开哪扇柴扉，没准就能遇见一位山中隐者，或邂逅一位布衣山翁，捧来清清的山溪水，轻煎一壶春色……

遐想中，我的目光被驻村工作队队员吸引过去。在这春忙时节，在这日新月异的年月，奋斗在山塆的人们，可没有像我这样遐想的工夫。

望着眼前几面山坡上青枝勃发的柑橘林，我问年轻的队长："这满山满坡的柑橘林,规模可不小哪。"

"合起来有三百多亩。"队长说:"你要是秋天来这里,一眼望去,那是真正的满山橙红橘绿。"

"后皇嘉树,橘徕服兮。受命不迁,生南国兮。深固难徙,更壹志兮。绿叶素荣,纷其可喜兮。"我信口吟诵着屈原的名篇,笑着问:"这可是你们写在山岭上的'创业史'。"

"那可不是我一个人写的,是大伙儿和乡亲们一起开动思路'写'出来的。"

之前,我曾听说过"温州蜜柑",便又问道:"这些橘树品种是'温州蜜柑'吗?"

"不是,'温州蜜柑'是老品种,不时兴了。现在我们引进的是一种新品种杂柑,叫'爱媛28'。这个品种不仅吃起来口感好,产量也高,一亩地平均产果两千五百公斤。现在市场上一斤果子零售能卖到二十元,批发价起码也在七八元。"

我禁不住为工作队员们和乡亲们叫好。在这春天的山岭上,到处是万物勃发的生命气息;到处是充满朝气的崭新气象;到处是欣欣向荣的繁忙场景……

四

不知你有没有在夜晚的山路上赶路的经历?夜色茫茫,山路迢迢,看不见一个人影,只有天上的星斗伴你前行。

忽然,远方的山脚下,闪烁着一豆微弱的灯火。虽然还不能马上走近它,但那一豆灯火就在前方。引导着你,鼓舞着你,给你信心和力量——那也许是几户还燃着温暖灶火的农家吧?

夜幕降临。和驻村队员们一起,走在山溪流泻的山路上,沐浴着春夜的星光,望着闪烁在远山的星星点点的灯火,我一直沉浸在这样一种温柔的感情和美丽的遐想里。

　　我知道,那每一团灯火里,都是一个小小的山坳,一个小小的村落,都是一个个温暖的家,都是星星点点、正在汇聚的光源和希望。就像这满山满谷、奔涌着的春溪,它们一线线、一条条,汇入谷底和山脚的河流,汇聚成更大的力量,挟带着更加强劲的信心和希望,奔出山谷,奔向远方……

稻场上的采茶戏

　　幕阜山区到处是高大的楠竹林,楠竹林边是一座座青翠的茶山和茶园。山乡儿女们在采茶、栽秧、砍毛竹的劳动中,喜欢唱山歌和田歌自娱自乐,彼此唱和,渐渐演化成了"采茶戏"。

　　层层茶梯和绿崖深处,你唱我应,山歌互答。这是一种清新、朴素的劳动之歌和乡土之歌,无论唱词还是曲调,都散发着山茶花和泥土的芬芳,表达出山乡儿女们诙谐乐观的生活态度。

　　最早的采茶戏只有小生、小旦、小丑三个角色,称为"三小戏"。采茶戏以唱为主,辅以简单的插科打诨式道白。小戏的基调是抒情、清新和逗乐。后来职业艺人加入,专门的采茶戏班子形成,渐渐有了完整的戏本、唱腔和表演程式,采茶戏也从茶山村野走进县城舞台,而且有了正式的采茶剧团。

　　肖冬云年龄虽小,只有十八九岁,却是采茶戏的"行家"。我在山区文化馆工作时,她经常和我搭档,一起下乡住队采风。她去给乡镇小剧团辅导采茶戏,我去搜集幕阜山区的民间故事、歌谣和唱本,有时也帮肖冬云修改一下采茶戏本子。

　　幕阜山区不少塆子里,都有肖冬云的"老堡垒户",她吃的是"百家饭",无论走到哪个塆子里,乡亲们都会腾出最好的屋子和床铺,好让她在这里多住些日子。

　　不过几年,肖冬云就独当一面,足迹遍布山区皱褶里的每个小塆，为一些乡村小剧团排练上演了《秦香莲》《杏儿记》《大夫断案》《挖茶园》《白罗衫》《玉堂春》等十几出采茶戏。逢上春节、三月三、端阳、六月六、中秋等节日，小剧团的锣鼓一响，顷刻间便传遍山山岭岭。年轻的细伢子、细妹子们兴高采烈，婆婆爹爹们也欢天喜地，牵孙抱凳，相携出门。只要小剧团一来，再偏远再寂寞的塆子，也顿时红火和闹热了许多。幕阜山人把"热闹"叫作"闹热"。

东春塆子和邻近的三两个塆子联合成立了一个采茶戏小剧团，翠云嫂是这个小剧团的"台柱子"，也是小剧团的"灵魂人物"。

本来嘛，她就是东春塆子和方圆四周公认的最俊俏的小媳妇，再加上会唱戏，有副好嗓子，人缘也好，前塆后塆没有谁不认识翠云嫂的。怎么说呢？只要哪天小剧团要唱戏了，翠云嫂那柔美婉转的唱腔一响起，柔美又亲切的乡音，就算是内心孤独和悲苦的老人听了，也顿时能有所安慰；躁动不安的细伢子听了，心里也立刻会安稳和平静许多；哪怕是正在哭闹的小伢听了，瞬间也会安静下来。

翠云嫂的女儿小玉才十五六岁，也喜欢跟着姆妈唱采茶戏。肖冬云很看好这个小姑娘。有一年，县文化馆和县剧团为各乡镇的采茶戏"新苗"办了一个培训班，小玉就是其中一名小学员。

幕阜山的乡亲们看戏，当然也有接受道德教化和审美享受的成分，大多采茶戏故事里，也确实包含着"化育人心"的主题。但依我的观察，更多的时候，乡亲们图的就是一个闹热。台上唱的是什么戏文，演的是花旦还是小生并不重要，重要的是，锣鼓声一响，全塆子老老少少的欢笑声，也跟着起来了。平日里邻里、妯娌和婆媳之间，还有小伢之间偶尔的别扭和不快，也都在这闹热的气氛中烟消云散了。也正因如此，小剧团里的演员们在台上演戏，打鼓佬在台边打锣鼓，也常常会率性而为，戏里戏外，任意进出，并不去讲究合不合

"规矩"。

有一次，翠云嫂他们排演从现代京剧移植的采茶戏《沙家浜》，翠云嫂是唱青衣的，阿庆嫂一角，非她莫属。戏台搭在一个打谷场上。附近几个塆子里的乡亲，扶老携幼，像过节一样都赶来看戏，大人和细伢子坐满了谷场。

可是天公有点不作美，戏才唱了一半，远处竟有乌云正在聚集和翻卷，好像要落雨的样子。

唱到第六场《授计》时，翠云嫂在台上刚刚唱道："风声紧雨意浓天低云暗，不由人一阵阵坐立不安……"突然，雨点"啪嗒啪嗒"真的落下来了，台下的人们急忙慌里慌张地赶着去收拾晒场上的东西。

翠云嫂倒是不慌，只朝台边的锣鼓乐队示意了一下，锣鼓乐队就马上停了下来。这时，翠云嫂在台上朝台下喊道："小玉，快回家，把晒的被子收回去！"

正在幕布后面候场的"沙奶奶"，这时也赶紧掀开幕布跑到台前，也朝着台下喊道："崽吔，快去喊你细爹帮忙，把晒场上的玉芦收回去喽！"幕阜山区把玉米叫作"玉芦"。

台上台下，"互动"了大约好几分钟。有人往家里跑，去收东西；也有人匆匆拿来斗笠、蓑衣和雨伞，让老人和伢子戴上、披上。

一出戏才唱了一半，哪有不接着唱下去的道理。有经验的老人仰头看了看天象，心里有数了，就仍然稳稳地坐在台下，继续看戏，颇有几分"风雨不动安如山"的心理素质。

果然，台下的事情吩咐完了，"沙奶奶"赶紧退回幕布后面继续候场，"阿庆嫂"朝台边的乐队一招手，乐队接着刚才的段落重新演奏起来，仿佛什么事也不曾发生过一样。

翠云嫂接着演唱："……亲人们粮缺药尽消息又断，芦荡内怎禁得浪激水淹。他们是革命的宝贵财产,十八个人和我们骨肉相连……”

雨,一阵子就过去了。这山坳稻场上的天空,重归晴朗。

唱戏的一直唱完了全本,看戏的人也一直坐到了最后。一场演出,功德圆满;老老少少,皆大欢喜。

还有一次,是收稻子的季节。戏台搭在坳子东头的稻场上。

这一次,肖冬云给他们排演的是古装戏《秦香莲》。不用说,还是翠云嫂饰演的秦香莲。小玉和另一个小姑娘分饰冬哥和春妹。

《秦香莲》算是采茶戏里的大戏,没有哪个乡亲不熟悉苦命的秦香莲和忘恩负义的陈世美的故事。因为熟悉,县剧团每次来演出,都是观众如云。有一年,县剧团在邻近的江西瑞昌县连演了七天,场场爆满。剧团离开瑞昌那天,当地乡亲挽着装满鸡蛋、鸭蛋和油面的篮子夹道相送,依依不舍。

因为正是夏收忙碌的时节,大家都在抢收稻子,说好晚上七点钟开演的,到了七点半,台下还没有坐满。锣鼓敲了一阵又一阵,打鼓佬把手都敲酸了,台下还是只有一些打打闹闹的细伢子。

“乡里人,时间观念就是这样子。”肖冬云好像有点尴尬,朝我笑笑说,“天不黑透,是开不了演的,我早就习惯了。”我也笑笑说:“没有关系,入乡随俗嘛!”

一直过了八点钟,天黑透了,山尖尖上挑起了月亮,化好装的演员们,一边啃着煮玉米,一边陆陆续续“到位”了。

这时候,白天里就牵引好了电线,架在戏台四周的几盏大照明灯,把稻场和四周的田畈照得通亮。戏台前面,晃满了叽叽喳喳的细伢子们的小脑袋,有的小光头跟电灯泡一样,锃光瓦亮。有的老婆婆,连小孙孙和摇箩一起端来了。婆婆们挥着蒲扇,给细伢子赶着飞虫。

再一看,一堆细伢子中间还坐着一位白胡子老人。肖冬云拉着我过去,恭恭敬敬地介绍说:"这是塆子里年纪最大、辈分最高的太公,我们都叫'九公'。"

"九公,您老好啊!"我连忙恭敬地上前问安,笑着说道:"九公呀,您老不驾到,采茶戏开不了场哪!"

九公笑着捋了捋白胡子,开心地发出了在幕阜山区保存至今的一些古老的文言叹词:"噫,好矣,好矣哉!晚些开演,包大人要把铡刀磨磨快喽!"

这块大稻场,就是九公家的。老人家开心和自豪得很,几个淘气的小伢像小猴攀树一样,缠绕在他的膝下和身后。

一阵急急风的锣鼓点,再次响起来。这是真正的乡村锣鼓,听起来,四面山间都有回声。

在大人们和细伢子的欢呼声中,台上的幕布徐徐拉开。演员们暂时还不会出场,照例先笑嘻嘻地走出一个裤腿挽到膝盖上的中年汉子。他是这个塆子的村支书。坐在我前头的一个小丫一见那汉子,高兴地站起来大喊:"爷哎——"

台下的人们一阵大笑。村支书搔了搔头皮,端着包了红绸布的麦克风,照例先要发表一番讲话。先是一堆夹着许多我听不大明白的方言叹词,然后是"各家的薯秧须在端午节前插完……"然后是谁家订购的油毛毡什么的几时可以到货;然后是谁家的伢子掏了塆子东头的鸦鹊窝,家长要严加管教……最后,支书嘿嘿笑笑,谦卑地向台下问道:"九公,可以开始了吧?"

九公白胡子一点:"好矣,开始!"

于是,噼噼啪啪,鞭炮响起来。这里唱戏,开演前有放鞭炮欢庆的习俗。鞭炮响了,咚咚锵锵,锣鼓再起,合上的幕布重新拉开,这戏才算正式开演,花花绿绿的青衣、花旦、小生、丑角,便开始袅袅娜娜地鱼贯登场了……

采茶戏多半是村野小戏,故事简单明快,角色不多,人物也大都是员外、秀才、小姐、丫鬟、寡妇、酒保、媒婆什么的,再有就是乡村的三姑六婆、引车卖浆者居多。相比之下,《秦香莲》已经算是一出"大戏"了。虽然也有秦香莲这样的民女和两个伢子的角色,但还有国太、驸马、公主等形象。翠云嫂把秦香莲的苦情,唱得如泣如诉,不时地引起台下的爹爹婆婆们的阵阵唏嘘。

"还真是可以啊,像模像样的一出大戏呀!"我小声对冬云说,"翠云嫂演得真投入,如泣如诉啊!"

"就是戏本子有点太长了,估计不演到半夜转点,演员们是下不了台的。"冬云苦笑着说。

"为什么要演这么长? 就算台上的人吃得消,台下的人恐怕也坐不住!"

"乡亲们时间观念差,反正是图个闹热。"冬云说,"演到一半,再放几挂爆竹,送一下'腰台',歇息一下,再接着演,也就不觉得有多么长了。"冬云常年给小剧团排戏,如鱼在水,当然是冷暖自知。

通常,秦香莲的故事都是从店家上场开始,三言两语交代一下陈世美进京赶考中了状元,不顾家中已有妻儿老小,当了驸马。接着就是秦香莲拉着一双儿女冬哥和春妹上场,从店家口里得知实情,然后进京找人……直到忘恩负义的陈世美受到应有的惩处。要演完这些情节,至少也得两个半小时。

可是,翠云嫂他们演的这出《秦香莲》,是从陈世美在老家苦读、一心想考取功名开始,再演到善良、贤惠的秦香莲,披星戴月操持家务,悉心照顾公公婆婆和一双幼小的儿女,好让丈夫进京应试。然后再演到陈世美金榜题名被招为驸马。这时候,依照人之常情,陈世美还有翻来覆去的一番"思想斗争"……

"我的天,是有点长啊!"戏看到这里时,我看了一下手表,小声对冬云说,"秦香莲还没到京城呢,这就个把小时过去了。"

"是呀,初一数到十五,一天都没有抛撒。"冬云笑笑说,"肥水不流外人田嘛!"

不过,台下的老老少少倒是大眼瞪小眼的,个个都看得津津有味如痴如醉的。

乡村的夜晚深了,明亮的灯光招引来满畈的蚊虫和虻子,惹得看戏人得不停地挥动蒲扇、汗巾什么的。

演到王丞相痛快淋漓地把忘恩负义的陈世美好一番痛斥之后,台下突然有人噼里啪啦地放起了鞭炮。

"到'送腰台'的时候了。"冬云告诉我说。

"送腰台",也叫"送幺台"。采茶戏班子跟别的剧种的戏班子一样,不知从什么年月起,保留下一个传统,就是戏唱到一半时,"主家"担心唱戏的力气不够了,肚子饿了,嘴巴渴了,就会选在合适的节骨眼儿上,暂停一下演出,给台上的演员和打鼓佬们送点吃的喝的,"犒劳"一下,当地方言叫"接过腰"。

据说,早年间的送腰台是十分讲究的,都是大户人家或邀请戏班子的"主家"出钱,提前置办好一盘一盘的点心、水果,还有蒸熟的鱼、肉和点上了红点点的麦粑(馍馍)什么的,一样一样地摆在托盘或浅一点的箩筛里,再从垸子里选出几位长得俊美的细伢子和细妹子,到时恭恭敬敬地托到台前,举过头顶,以示隆重和吉祥。站在台上的演员们,或凤冠霞帔,或穿龙袍、扎蟒带,反正是尽量要"盛装"

前来迎接,接过之后,还要由左至右朝着台下一拜、再拜、三拜,表达感谢。

现在,送腰台的人,除了出面张罗和邀请戏班子的"大户人家"或"主家",一般的热心村民,也可以事先准备好一些八宝粥、洗得干干净净的水果和牛奶等饮料,当然,也有事先包好几个"红包"的,到时候也热热闹闹地送到台前去。这样,台上演戏、打鼓的人高兴,台下看戏的人也觉得体面,脸上有光。

送腰台的全过程,都会伴着噼里啪啦的鞭炮声和欢快的锣鼓声。台上台下这一阵"互动",不仅把一场演出推向了一个小高潮,也算是一次"中场"休息吧。唱累了的,可以稍微缓口气,看累了、想困觉的,尤其是老人和细伢子们,这时候正好重新抖擞起精神,接着再往下看。

一直演到铁面无私的包公,摘下乌纱帽,喝令"开铡"时,台下再次响起噼里啪啦的鞭炮声——这一次,估计是把剩下的所有鞭炮都点上了,鞭炮震天,人心大快,这一场戏,无论是台上台上,都算功德圆满了!

我抬起手腕一看表,果然正像冬云说的一样,快半夜12点了。

"这么多鞭炮,是事先特意组织的吧?"趁着几位村民在帮着拆台的工夫,我问村支书。

"用不着组织,家家户户积极得很唻!"支书笑着说,"我发誓,都是乡亲们自发的,不信你问细妹子嘛!"

冬云说:"爹爹婆婆们看得高兴了,不习惯给演员们拍巴掌,放几挂鞭炮,表达的就是'叫好'的意思。"

"我的个天!足足演了三个多钟点,乡亲们不会嫌长?"

"不嫌长,不嫌长。"支书一边帮着拆台子、搬道具箱子,一边对我说,"乡里人,夜分没得什么好做的,看戏,算是最闹热的事喽,三个钟点,一点也不嫌长。"

演出结束后,支书、冬云带着我,陪着所有演职人员,拥到翠云嫂家里吃消夜。

演员们都已经麻利地卸了妆。翠云嫂在忙着给大伙儿弄吃的。

"翠云嫂,祝贺你们呀,演得真不赖,快赶上县剧团的水平啦!"我一边夸赞,一边询问,"是谁演的公主?扮相好美啊!"

"喏,'公主'正在灶脚烧火。"翠云嫂指着坐在灶脚下添柴烧火的一个大嫂说,"她是柯家贵的堂客,春娥。"

"是春娥嫂演的?这真是……"我吃惊地笑起来说,"真是太神奇了!春娥嫂,让你这么美、这么娇贵的'公主'给大家烧火做饭,太……太委屈你啦!"

灶膛里闪出的火光,映照着春娥嫂沾了些柴草灰的脸庞。说实话,卸了妆的春娥嫂,与刚才站在台上美艳的公主,实在是判若两人。

我在心里暗暗诧异:一个坐在灶台前烧火的村姑,在日常生活中衣着朴素,貌不惊人,一旦戏衣穿上,妆容扮上,怎么一下子会变得那么娇美、那么雍容华贵呢?

也是呢,马兰花开在湿润的洼地,水竹长在清亮的河腰。有雨雾、有日光的山崖下,哪有长不好的茶园?伴着青翠的茶山茶园,唱着清新的山歌和采茶戏长大的细妹子,哪有长得不好看的?

后来,肖冬云和翠云嫂让我帮着把《秦香莲》删减一下长度。我说:"前头的陈世美在家用功那一段,可以扔掉不要,反正乡亲们都晓得是怎么一回事。"

"有道理。"翠云嫂说,"光那一段就得演半个钟点。"

"后面的呢?"我故意问道。

"后面的……一波三折的,都是合情合理的。"翠云嫂说,"陈世美当了驸马,不认香莲和一双儿女了,光演到这里,还不够定他死罪的。"

"对喽,这仅仅就是个'重婚罪'喽!多骂他几声,叫他抬不起头来,也就够了。"春娥嫂附和着说。

"所以,后面杀妻灭子的戏份就不能少,有了故意杀人、丧尽天良这些戏,陈世美就稳稳地够得上死罪了,包公铡他,铡得一点也不冤枉他!"凭翠云嫂这分析能力,不去编戏本,真是可惜了。

"那要是把韩义士中止犯罪这一场去掉呢?"我试探着问。

"这怕也不行。你想呀,没有这一场,老百姓痛恨陈世美的程度,会不会差把火?"

真是"实践出真知"呀!翠云嫂、春娥嫂讲得都很有道理。谁说采茶戏只是生长在山野上的一朵山茶花、一朵映山红?

不,乡音醉处,乡情深处,没有不美的艺术,也没有不受乡亲们抬举的文化。翠云嫂、春娥嫂她们的演出,给我好好地上了一课。

红菊与红菱

　　红菊是一个农村小姑娘,人如其名,她给我的最初印象,正像是盛开在山野上和溪流边的一朵小野菊,清新、朴素,虽是初涉尘世,却是那么自信和执着,向着世界散发着自己淡淡的清香。

　　我认识她的时候,她还只有十七八岁的样子,刚从幕阜山区老家来到武汉,在东湖边黄鹂路上的一个小理发店里给客人洗头,当小学徒。这个理发店,是她同村里的一个亲戚杨师傅开的,店里有好几个跟她差不多大的细哥、细妹,都是同一个垸子的,他们都叫她"红菊姐"。

　　那时候,我也还不到三十岁,刚到武汉工作不久,住在黄鹂路附近的一个小区里。因为时常到红菊所在的那个理发店理发,两三次之后,就跟红菊熟识了。

　　后来每次去理发,都是红菊抢着给我洗头、吹头发,有时一边洗头,她还一边给我聊一点她家乡的事情。这个小姑娘待人热情,在店里也很勤快,手脚麻利。客人多的时候,她就不停地给人洗头、吹干头发;空闲的时候,就默默地站在一边,仔细观察师傅给人理发、美发的手法和技艺。

　　不到一年的工夫吧,红菊就把理发的手艺学到了手,师傅也允许她执掌理发推子,给客人理发了。

　　红菊"出师"后,我每次去理发,就再也不用总劳杨师傅大驾了,都是由红菊给我修剪。

记得刚开始时,红菊还有点不自信,怕给我理不好,所以每一推子、每一剪子,都是小心翼翼的样子。

我鼓励她说:"红菊,用不着这么拘谨,像'蚕食'一样,你下手狠一点没关系,大不了剃成一个光头呗。"

红菊羞怯地说:"那怎么可以,叔叔是大知识分子,看您平时穿衣服都那么讲究,我要尽量给您修剪得完美一点嘛。"

谁能想到,这一修剪,不知不觉,就是三十年。

仔细想了一下,三十年来,除了这个理发店,除了红菊,我竟然一次也不曾在别的理发店理过发。可见我的恋旧之心有多重,对自己熟悉的环境,有着怎样深的依赖。

红菊先是学会了给男性顾客理发。不同年龄的顾客,发型自然是各不一样的。红菊用了一两年的时间,就很快掌握了十来种不同的男性发型的修剪风格。

后来,凭着自己的勤奋好学和心灵手巧,红菊又学会了更多为女性顾客做美发、卷发和修剪发型的手艺。没过几年,她就成了这个理发店的"当家师"。教红菊手艺的杨师傅,干脆把自己的位置也"让"了出来,放心地交给了她,甚至还让她带起了徒弟。

在理发店里给客人洗头、端茶、递送毛巾、干些杂活儿的小学徒们,那些从乡村来的男孩子、女孩子,每过一两年,就会换成一些新的面孔。每一个新来的细哥、细妹,跑前跑后的,无一例外都是"红菊姐""红菊姐"地叫着。

红菊告诉我说,这些细哥细妹,有的是她那个塆子的,有的是老家附近塆子的,都不愿意在家里待,非要出来不可。有的去广东中山、浙江温州一带打过工,到了那里又想家,就又跑回来了。店里每次有人回塆子,总是有人缠着要跟着来。可是理发店就这么大,哪里容得下那么多人。

我问红菊:"以前的那些细妹子呢? 不是都做得好好的吗? "

"翅膀硬了,飞走了。"红菊说,"有的学到了一点手艺,自己找到了大一点的美发店,工资也会高一点;有的在这里吃不了苦的,出去找别的工作去了;还有的是让家人喊回去,回家帮着插秧去了。"

是啊,这一茬一茬的,也许是在人们的匆忙和忽略中,就不知不觉地长大了的山区少年,多像是一小群一小群乡间椋鸟,一到春天就纷纷飞出了自己的小塆,飞到了一些陌生的城市的角落里,去寻找各自的生活和前程。到了农忙时节,他们有的还会记得要返回家乡去春播、夏种和秋收……这些少年人一定也像椋鸟一样,早早体会到了人世间的冷暖和生存艰辛。

有一次我又去理发时,看见店里新来了一个面容清秀的小姑娘正在学着给客人洗头,小姑娘的模样和当年我初次见到的红菊十分相像。

红菊说:"这是我妹妹,她叫红菱,书念得不好,念不下去了,也不愿在家里待了。"

"难怪你们这么像呢,原来是亲姐妹。"我笑着说:"红菊,红菱,你们姐妹俩名字都很美,谁给起的? "

"我爸给起的,他说是从《镜花缘》里给找的名字。"

如果说,红菊像一朵清新、朴素的野菊,那么红菱也真像是夏日荷塘里亭亭玉立、含苞待放的一枝小荷、一朵纯美的菱花。看上去,红菱还带着那么一点山村小女生的羞涩和腼腆。

因为红菱长得俊美,不久就有一些年龄相仿的男孩子,有事没事的总是喜欢到理发店里来跟她搭讪。

有一次，红菊正在给我修剪头发，红菱在给另一位客人洗头，一个看上去还比较阳光的送外卖的小哥，在店里磨磨蹭蹭的，跟红菱找话说。

红菊只是暗自发笑，没做什么干涉。我也正好乐得有一搭、没一搭地，听着他们的交谈。

小哥问她："你吃饭了没？小妹。"

红菱答："还没，不饿，不想吃。"

小哥说："怎么能不吃饭？干嘛不点个外卖，我给你送来。"

红菱答："你们那里的外卖太贵了，吃不起。"

小哥说："哪里贵了，都是这个价，你可以点个便宜的嘛！"

红菱说："肯定是你今天任务没完成吧？"

小哥好像一下被红菱识破了真相，有点愧疚地笑着说："嘿嘿，还差几个点餐，你点一个嘛！"

红菱说："好吧，就点个三元钱的。"

小哥乐颠颠地耍着贫嘴说："好嘞，保证风驰电掣给你送来。"

红菱也娇嗔地回敬说："切，快滚吧你。"

只见快卖小哥风一般地飞走了。我跟红菱打趣说："哟，红菱，小伙子看上去不错嘛，好像对你蛮有那个意思的。"

红菱说："我才不稀罕呢，一点志向都没有！"

红菊挖苦她说："还好意思说人家，就你有志向！"

大约不到一年吧，我再去理发店时，不见了红菱的人影儿。我问红菊："你妹妹红菱呢？"

"叫那个送外卖的拐跑了。"旁边一个男孩子口吻好像有点酸酸地说道。

"咋回事呢？"

红菊笑着说:"那个小哥不送外卖了,家里人给他投资,自己开了一家'襄阳牛肉面馆',他是襄阳人,从老家请来一个掌厨的,面馆生意做得还挺红火,红菱到他那里帮忙管账去了。"

"那她和那个小伙子……"

"'蛤蟆看绿豆——看对了眼儿'呗!"还是那个男孩子,又抢着回答说。

红菊白了他一眼:"自己争不赢人家,现在酸溜溜地怪别个了!"

红菱去的那个襄阳牛肉面馆,离黄鹂路也不远,不久我就特意去吃了一次。果然看见红菱在那里忙前忙后的,俨然一个小老板娘的感觉了。

看见我来了,红菱很高兴,为我要了一大碗牛肉面,还叮嘱我说,吃襄阳牛肉面,一定要搭配着吃几瓣生大蒜,襄阳人都这么吃。

没有看见那个小伙子,我问红菱:"你男朋友呢?"

红菱笑着说:"给人送外卖送习惯了,人家点了几份牛肉面,要求送到公司里去,他刚刚骑车给人送去了,一会儿就回来。"

牛肉面的味道真是不错,我吃了几口就有点冒汗了。

红菱忙碌着招呼着客人,光洁的额头上,闪着亮晶晶的汗珠儿。但她看上去是那么得心应手、应付自如,正在享受着这份小小的创业的辛苦与快乐。

"叔叔,您觉得咋样?牛肉面味道好不好嘛?"

"好,好啊!你们都是一些好孩子啊!"我像一个父亲疼爱地赞美自己的亲生女儿一样,由衷地赞美道。

是的,幸福无论大小,都是依靠自己的双手,依靠自己一点一滴的吃苦和努力,才能奋斗和创造出来。红菱是这样,红菊也是这样。

三十年过去了,红菊已从当年那个只会洗头、吹头的细妹子,变成了店里的理发和美发师，而且有了自己稳定和富足的小家，已经是两个孩子的妈妈了。现在她的大孩子，都快要小学毕业了。

一到农忙或过年的时候，红菊还会回到老家，帮着干些农事。过年回家时也没闲着，村里的妇女们央求着她，让她教她们跳广场舞。

红菊笑着跟我说："塆子里会跳广场舞的小嫂子，都是我亲手教出来的呢！有时候还要帮着村主任召集起她们，练习舞龙。"

"红菊，你可真是你们塆子里飞出的一只金凤凰啊！"我由衷地赞美她说，"有知识、有见识，就是好哪！"

红菊的丈夫，也是她在理发店里认识的。他家是黄鹂路附近的那个"城中村"的，十几年前因为"城中村"改造，红菊刚过门不久，就分到了好几处"还建房"。后来，红菊把这些房子都出租了出去，光是房租，每月就有可观的收入。

我跟红菊开玩笑说："红菊，你现在变成'土豪'了！"

"哪里，算我运气还比较好吧。"红菊淡淡一笑说。

红菊和红菱这一代年轻人，他们从山区、农村进入城市，虽然是生活在城市的底层和角落里，但是他们没有虚度自己的年华。因为他们的脚步走得真实、踏实，所以他们不仅分担了这个时代的风霜和艰辛，也分享了变革的时代给每个人带来的进步和收获。

"叔叔，我和孩子们，是读着您写的儿童书长大的呢。"

有一天，红菊一边给我理发一边说。

我对她说："谢谢你，红菊，你给我理了三十年的发，你注意到没有，你是在一次次给我理发时，亲眼看着我慢慢变老的。"

戏曲里不是有这样一句唱词吗："老了老了真老了，十八年老了我王宝钏。"何况是三十年呢，我满头的黑发已经变灰，曾经那么茂密的头发，也变得稀疏了。

但是,最让我感慨的,不是我自己的变老。我从红菊与红菱她们身上,看到了这个时代的一个侧面、一些投影,看到了这个时代为这一代农村孩子所带来的人生和命运的改变。

年少时读过高尔基的一篇小说《卖牛奶的姑娘的故事》,我一直记得小说结尾的一句话:"人哪,无论处于怎样的境遇中,总不由得你不爱什么人或什么事物的。"

没有错,无论生活有多少艰难和不如意,真正能够让我们感到踏实、幸福和快乐的事情,还是因为我们珍爱生活,珍惜新来的每一个早晨,并且对未来的日子,永远怀有信心和希冀。

祝愿红菊和红菱这对小姐妹,还有那些来自乡村小塆的年轻人,在我们日新月异的城市里,生活得更快乐一些、更幸福一些。

乌蒙山散记

一

乌蒙山区的月亮,是我见过的最美、最亮的月亮。

不知是在什么年代里,生活在乌蒙山区的老人们留下了一句老话,叫作"桫椤寨在月亮上"。这句话,把乌蒙山的月亮的美丽、皎洁和神秘,活灵活现地描画了出来。

有月亮的夜晚,乌蒙大地一片澄净。月亮又圆又大,明晃晃的,仿佛一抬脚就可以走进去;皎洁的月光,洒在桫椤树、凤尾竹、金竹、苹果园、土楼、瓦屋上……好像给一切都镀上了一层水银般的光亮。

因为月亮那么美,乌蒙山人喜欢用月亮来形容女性的美。

"乌蒙山的月亮,山上的索玛花,都没有阿妈漂亮。"

"阿姐洁白的牙齿、明亮的眼睛,比天上的月亮还明亮。"

这是生活在乌蒙山区的彝族孩子常挂在嘴边的话。

二

乌蒙山区的彝族人喜欢在山坡上种荞麦。他们把荞麦叫"荞子"。彝族人传说,荞麦的种子是小狗用尾巴从月亮上带来的,泽泽夺是彝族里第一个种苦荞的人,是他最先从小狗的尾巴上取下了苦

荞的种子,埋进了泥土里,彝族人今天才有荞子吃。所以,老一辈彝族人传下了这样一首童谣:

> 小狗的尾巴上,
> 沾着小小的荞籽。
> 是从月亮上带来的吧?
> 泽泽夺取下荞籽,
> 带到山上去,
> 用双手刨开地,
> 把种子埋进土里。
> 荞子开花了,
> 结出了果实,
> 荞子变成了能吃的粮食。

彝家人过年的时候,都要先给狗狗喂一些吃的,然后全家人才可以动筷子吃饭,以此表达对小狗的感恩,感谢小狗从月亮上带来的苦荞种子。

三

云南昭通是全国有名的苹果之乡,洒渔镇更是几乎家家都有苹果园。一到秋天,小镇四周的山坡、村外、路边、河畔,到处都是伸手可摘的苹果。

现在还是春天,洒渔河两岸傍水而生的柳树,萌发出了浓浓的绿色。乌蒙山乡亲把河岸的柳树叫作"烟柳"。

这个名称很美,也很形象,我在别的地方从未听说过。无论是洒渔河还是弓河两岸,都长满了婀娜多姿的烟柳。烟柳树冠看上去"一笼一笼"的,细雨蒙蒙、白雾缭绕的白天里,每棵烟柳真像笼罩着一团或浓或淡的"绿烟"一样。到了夜晚,淡淡的月色洒在烟柳树上,给每棵烟柳都镀上了一层水银般的光芒。

四

彝族人有句谚语:"火塘是彝家人的'魂儿',衣裳是彝家人的'脸面'"。乌蒙山区的农村,家家离不开火塘。火塘是乌蒙山区冬天里的"灵魂"。

在这里,人们烧火做饭,可以用天然气。但多数乡亲还是习惯用柴火。柴火又分"家柴"和"硬柴"。像松根、松枝、藤子和一些细小的杂树干枝之类的柴火,叫"家柴",烧火做饭是可以的,但不耐烧,烟也大;生火塘用的柴火,得用"硬柴",比如柞木、野板栗、山樱一类的硬木,耐烧,火头也大。

不过,打硬柴得走很远的山道,往深山里去。近处的山冈、岩脚下,只能砍到一些家柴。要进山打硬柴的时候,打柴人一定会带上一些干粮和酒水,又能敬"柴神",又可给自己解渴、解乏、垫垫肚子。

乌蒙山人打硬柴有一个约定俗成的习俗:进山打柴,首先都要敬一下"山神"和"柴神":把带进山的酒水和食物,摆在岩脚下和要砍的杂木丛前,念念有词地念诵几句吉祥话,大意是求得"山神"和"柴神"宽谅,保佑砍柴人平安,期望来年这一带还会草木茂盛、取之不竭。

彝家人祖祖辈辈感恩的"山神"叫"木尔木色";感恩的"柴神"叫

"木乌格子"。真诚地敬过了"山神"和"柴神"后，才可以抽出事先磨得锋利的砍刀，开始砍柴了。

砍下的硬柴，都砍成了一样的长短，码成堆，然后再砍一些坚韧的藤子，或把细长的苦竹扭成坚韧的竹篾，或用韧劲十足的牛筋草搓成结实的草绳子，把砍下的柴木捆成一捆儿一捆儿的，码放在一处对着风口和向阳的山岩上，便于风干。

山里人为人朴实，不会为了一两担柴火，背上不劳而获的坏名声。所以，无论是谁打下的柴火，放在那里多久，都不会被人担走。你想什么时候来担下山，就什么时候来好了，都没有问题。

五

乌蒙山区的乡亲平时说话喜欢用谚语，他们口头上的谚语和俗语，质朴而生动，来自切身的生存和生活经验，又带着浓郁的地域文化色彩。比如：

"不走山路不晓得平地，不吃苦荞粑粑认不得粗细。彝家人到哪里都晓得感恩知足。"

"金翅鸟的翅膀，是贴着彝家人的金竹梢梢长硬的；彝家的好娃娃，都是吃着阿爸种的荞子长大的。"

"阿鸡谷的心事，竹林子最知道；儿子的心事，阿妈最清楚。""阿鸡谷"就是布谷鸟。

形容一个人缺少自知之明："马看不见自己脸长，羊看不见自己角弯。"

"狼有狼道，狐有狐路，猎人有猎人的脚板子。"

"自家种的苞谷是珍珠，邻人撒的荞子是宝石。彝家的孩子，哪有不喜欢阿妈做的东西的？"

"水牛不驮盐，骡子不犁地，彝家的孩子，不跟阿妈说假话。"

"高山有了雾就相连，平地有了河就相连。彝族和汉族有了共产党就相连。"

"话有五句十句，共产党的话最中听；路有千条万条，共产党指的路最光明。"

"软绳子才能捆得住硬柴火。"

"竹子能砍成两节，萝卜能切成两块，哪个阿妈舍得跟自己的孩子分开？"

"荞子花开在一起，颜色才能红艳艳；勤快的人聚在一起，办法就会滚滚来。"

这些生动鲜活的谚语，都带着文学上的"比""兴"手法，但又是一般文人想象和创作不出来的。

六

彝族人把年老的、富有智慧的老人叫作"老毕摩"或"毕摩爷爷"。老毕摩们喜欢蹲在寨子边和晒荞子的谷场上，一边晒太阳、一边攀比着今年的收成。

几个彝族小学生放了晚学，回到寨子，经过毕摩爷爷跟前时，少先队员们齐刷刷地一齐举起右手，给毕摩爷爷们行了少先队的队礼："毕摩爷爷好，给你们敬礼！"

"啊呀呀，唱歌的金翅鸟飞进了家门口，红艳艳的索玛花开到了篱笆上！原来是我们的女状元们回来了呀！"

老毕摩们一边咧着大嘴开心地笑着，夸着孩子们，一边也学着孩子们的样子,连忙举起了右手"还礼"。好笑的是,有的爷爷把两只手臂都高高地举过了头顶,看上去就像在举着双手"投降"一样。

"今天吃大米,不要忘了毕摩爷爷过去吃荞子;今天当家做主,不要忘了毕摩爷爷过去当娃子。"这是老毕摩们经常挂在嘴上对晚辈们讲的话。

七

我在乌蒙山区采风和体验生活,为的是创作一本以乌蒙山区乡村振兴为背景的长篇小说,书名叫《爷爷的苹果园》。我把故事地点就放在长满烟柳的洒渔河边的"苹果小镇"洒渔镇上。小说要写出乌蒙山区的风情和人性之美,也要讲述乌蒙山新一代少年们的成长故事。

我设想着,小说的小主人公,是一个生活在乌蒙山区的彝族小男孩,还有他的阿爸、阿妈的故事。给这三位彝族人起个什么名字呢?我颇费了一番功夫。

有一天,我向一位彝族小说家吕翼请教:这个彝族小男孩,聪明懂事,他的阿妈美丽贤惠,他的阿爸勤劳能干,如果小男孩名字叫"乌格",他阿妈叫"阿依扎",阿爸叫"曲木嘎",这样的名字有无不妥呢?吕翼告诉我说:这三个彝族名字,起得挺好。阿爸叫曲木嘎,说明彝族姓为曲木。嘎,有快乐的含义;阿妈的名字里有小姑娘的含义。阿依,就是姑娘。扎,是小孩子的意思,可以代表美丽清纯;乌格,有手艺人、工匠的含义。加上阿爸的姓氏,学名可以称为"曲木乌格",在家里或平时就叫"乌格"。没有想到,第一次给小说里的彝族主人公起名字,我竟然起对了。

独龙江畔

孔志清

第一个识字的独龙族人,名叫孔志清。有一年,少年孔志清跟着一队路过独龙江边的马帮,翻越了山顶还有积雪的高黎贡山,历尽千辛万苦,到了白族人聚居的苍山脚下洱海边的大理城。这个幸运的独龙族少年在这里得到了念书识字的机会。他的名字,就是当时一位老先生给他起的,"孔"是孔圣人的"孔",其中有希望他能好好念书,立下清正志向,以后用学到的文化为独龙江家乡做事的寓意。

独龙族是祖国大家庭里极其少见的、从刀耕火种和结绳记事的原始社会形态直接跨越到了社会主义社会、汇入现代文明进程的一个少数民族。孔志清做梦也没有想到,中华人民共和国成立后不久,1952年元旦,他会受到中央政府的邀请,作为边疆少数民族代表,来到祖国首都北京,在灯火辉煌的中南海,幸福地受到了毛主席、周总理的接见。

正是在这次接见时,敬爱的周总理得知,孔志清来自高黎贡山云雾深处、最偏远的独龙河谷,他们这个民族一直以来也没有自己的族称,常常被山外的人视为野人和"蛮夷"。

周总理关切地问他:"那你们一直是怎么称呼自己的呢?"

孔志清告诉总理:"总理,日出东方,盐自东方来,我们人心向东方。历来我们都聚居在独龙江边,所以自称独龙人。"

周总理听了,微笑着说道:"很好呀,就按你们自己的称呼来定族名怎么样?"接着,这位新生的人民共和国总理又坚定地说道,"一切歧视少数民族的言行都是不允许的,过去那些侮辱性的称呼,一律废除!"

就这样,1954年,全国人民代表大会正式确认:独龙族为中国多民族大家庭里56个民族中的一员。又过了两年,1956年,云南贡山独龙族怒族自治县成立,孔志清光荣当选为第一任县长。

巴坡小学

也是在1956年,独龙族有史以来的第一所小学——巴坡小学,在独龙江畔的巴坡村创办了。

一年后,巴坡小学竣工落成。在千百年来只用竹芭茅草搭盖住房的独龙村寨里,巴坡小学成了最美丽、最引人注目的一座建筑。

巴坡小学就像出现在雪山深谷的一座耀眼的童话小屋,像盛开在独龙江畔明亮的山坡上的一簇鲜艳的独龙花,让世世代代刀耕火种、日出而作、日落而息的独龙人看到了从未看到的光明和希望。

巴坡小学的第一次开学典礼,在古老的独龙江边就像一个开天辟地的盛大节日,巴坡村的老老少少,还有散居在其他大山皱褶里的独龙人,都穿上盛装赶来了,有的还是从溜索上"过溜"来的。

当巴坡小学的第一任校长、年轻的杨茂把由马帮从贡山县城驮来的崭新的课本,一本本地发送给孩子们的时候,他们的阿亢阿比(爷爷、奶奶)、阿拜阿麦(爸爸、妈妈)都激动地拥上前去,朝着高高地飘扬在龙竹旗杆上的五星红旗,齐刷刷地跪下了……

从此，独龙族的新一代告别了祖祖辈辈结绳记事的原始生活形态，捧着飘散着墨香的课本，翻开了独龙族崭新的一页。独龙江的波涛里，融入了独龙族小学生读书的声音，飞翔着独龙族梦想的翅膀……

这些故事，是老作家吴然先生——也就是中国好几代小学生都熟悉的小学《语文》课本里《我们的民族小学》《新年礼物》等课文的作者，在他的长篇纪实文学《独龙花开——我们的民族小学》开头一篇《巴坡小学》里写到的。

牵挂

说起这本书的写作缘起，这本身又是一个感人的故事。

早在 1974 年，老作家冯牧先生曾翻越高黎贡山到了独龙江畔，看望过巴坡小学的老师和孩子们。冯牧把这次在独龙江的经历写成了散文，收进了他后来在百花文艺出版社出版的散文集《滇云揽胜记》里，其中写到了巴坡小学旁边的那座古老的藤索桥：

"当小学生们走过桥面时，他们摇晃得好像打秋千一样……"

1981 年，一直生活在苍山洱海边和彩云之南的散文作家吴然第一次读到冯牧笔下的独龙江孩子们的故事，心驰神往，希冀着什么时候也能去独龙江边拜访这所小学。后来，当他终于有了一个机会的时候，通往独龙江的唯一一条人马驿路，偏偏被几米厚的冰雪封冻住了，难以成行。

但是，留在散文家心中的那份牵挂和念想，却一直挥之不去。他在散文里写到了自己足迹所及的云南边疆的很多地方，也包括一些偏远山寨的民族小学，可就是没有去过和写过独龙江。这份牵挂和希冀,一直保存在他心中。

2006 年,已经退休的吴然终于得到机会,一路翻山越岭,千里颠簸,到达了冯牧笔下的巴坡小学。当时的老县长高德荣打着伞,站在倾盆大雨中,迎接他们一行。

这次访问,有一个细节让吴然一直难以忘怀:当他走进昏暗狭窄的小教室,和老师、孩子们交谈的时候,老县长却悄悄离开了学校。原来他是为了招待远方来的客人,去独龙江打鱼去了。这位老县长还告诉吴然说,他小时候就在巴坡小学念书,后来又在这里当过老师,整整过去五十年了,小学校的破旧让他感到羞愧……

从独龙江回来后,吴然写了一篇散文,题目就叫《巴坡小学》,发表在《人民日报》上。然而,他对独龙江边的小学校和孩子们的牵挂并没有就此放下。2015 年秋天,已经年逾古稀的吴然,再次踏上了通往独龙江的遥远而崎岖的山路……

这一次,他在独龙族村寨里住了很长日子。他体验了独龙族人的日常生活,对独龙江边的孩子们,还有他们的爷爷奶奶、爸爸妈妈,还有他们的校长、老师以及帮助他们的边防军叔叔、前来支教的志愿者等,都一一做了细致的走访。

最终,他用这本文笔真实、故事丰盈的纪实文学《独龙花开——我们的民族小学》,描画出了他亲眼见到、亲身感受到的独龙江孩子的成长画卷,谱写了一曲伴随着中华民族实现伟大复兴的中国梦的坚定脚步,而正在日新月异地向前迈进的独龙人的追梦之歌。

同时,这位老作家也以这本书寄寓了自己三十多年来梦牵魂萦的那份牵挂、念想与希冀。

这本书里写到了三组人物。一组是阿普芬、阿普立、梅朵、阿支木、木琼花、阿达玉、龙雨飞、龙金、丙菊、李建群、肯一龙等独龙族孩子。正在成长中的孩子们，永远代表着希望、力量和未来，他们在任何时候都是一个民族最鲜活、最明亮、最富生机的一部分。作家选择以讲述独龙族小学校的诞生和不同孩子的成长经历、追梦故事为全书切入点，可谓独具情愫，别出心裁。

另一组人物是包括第一任县长孔志清、闻名全国的"独龙之子"高德荣、独龙江中心小学现任女校长梅西子，还有和大姐（阿丽）、方义、樊娥、万乐等在独龙江"落地生根"的小学老师和支教者们。

他们就像在独龙江畔播撒书香的种子、点亮知识的灯火、传递文明的火炬的"接力手"，在独龙族人走过的羊肠小道、溜过的空谷索道上，也能看到他们走过的脚印和经过的身影。他们都倾尽各自的力量和真情，奉献给了独龙江的乡亲和孩子们。在他们的心中，都装着一个强大和美好的心愿：有梦想就有希望！就像老县长高德荣在写给梅西子的一封信上所说的那样：独龙江的孩子，需要看到远方的风景，远方的路……

还有一组人物，就是阿普芬的奶奶崩妮恰、木琼花的妈妈巴朵、阿支木的爸爸等老一辈的独龙族人。从他们身上，我们看到了千百年来独龙族人诸如"文面""溜索""守秋""纺织约多"等古老的风俗习惯和生活方式。他们代表着独龙族的历史、文化和传统，代表着这个民族心地单纯、善良和简朴的人性之美。

阿普芬、木琼花、阿支木

每天早晨七点钟，一群独龙族小学生还有他们年轻的老师，一起蹲在霞光中的独龙江边洗脸。花花绿绿的衣服，鲜润的脸蛋，以及他们的吵闹声、欢笑声，都映在流淌的江水里。

洗完了脸,小学生们就坐在江边的石头上、草地上,用琅琅的读书声,和独龙江的流水声比赛。哗哗流淌的江水伴随着独龙族孩子们的朗读声。独龙江就像一位收藏记忆的老人,默默见证着眼前的一切⋯⋯

吴然的书中有一个细节写得真美,让人过目难忘:

"那个爱美的小女孩阿普芬去江边打水时,特意采了些柔软的杜鹃花枝条,给自己编了一个漂亮的花冠戴在头上。当她戴着花冠,在江水里看到自己晃动的影子,她感觉到了自己的心跳,她被自己的美丽感动了。这时候,江水冲击着干净的鹅卵石,哗哗地、欢快地流向前方,好像在为美丽的阿普芬喝彩一样。"

再如,作者写到另一个小女孩木琼花跟着阿妈学习织布、染色的故事时,把独龙人独特的纺麻、织布、染色的传统手艺,写得细致入微,美不胜收:

"一到染色的时候,小木琼花就像过节一样快乐。她跟在阿妈屁股后头瞎忙活,把红红绿绿的染汁胡乱抹些在自己的衣服、裙子上。阿妈从来不管。'小娃娃嘛,图好玩。'阿妈总是这样和阿爸说。"

当阿妈坐在场院里的木桩边,双手灵巧地不断穿梭,织着美丽的"约多"(一种色彩鲜艳的独龙毯)时,小木琼花会一直好奇地看着、看着,学着阿妈的样子,小手不停地摆动着⋯⋯果然,没过多久,心灵手巧的小木琼花,也学会了在腰上系着结布拉,像阿妈一样"咔哒咔哒"地织"约多"了。

独龙族一些独有的传统风习和手工艺,就这样一代代往下延续着、传承着,像永不止息地向前流动的独龙江水一样。

在这本书里,作家也通过一些小故事和小细节告诉我们,独龙族的文明和进步是一点一点地完成的。他们既保留和恪守着一些古老的风俗习惯，同时也越来越多地接受着现代文明之风的吹拂，一些陈旧和落后的观念，正在悄悄发生着改变。

例如，小男孩阿支木是一个小猎手，他跟着阿爸出去狩猎，看到小麂子纯洁、清亮的眼神时，心里就有了"不能让树林里没有麂子奔跑的身影，更不能让小鹿成为没有阿妈的孤儿"的想法。所以关键时候他这样请求阿爸："阿拜，放过母鹿，放了幼麂吧！"并且亲手打开篾筐，让一只被捕获的小麂子飞奔回了大自然的怀抱里……

这不就是照射进独龙族古老山林里的文明之光吗？

书中还写到了独龙族人许多传统生活细节。例如，独龙族山林里有很多的蛇，可是在独龙人心目中，竹竿就是蛇的舅舅，所以蛇最怕竹竿。又如，在独龙族古老的传说里，独龙江边的第一个男人和第一个女人，都是从大树心里钻出来的，所以，独龙人会把那些老树、大树尊称为"神树"。

再如，独龙族女子很会纺织，而第一个懂得纺麻织布的独龙女子叫阿妮，有一次她在山林里采野果时，被一簇从大树上挂下来的蜘蛛网网住了。"这是山神在教我织布穿衣哪！"独龙人纺麻织布的手艺由此开始。还有，生活在独龙江畔的独龙牛，不仅要吃草料，还要给它们喂盐巴，吃了盐巴，牛才有力气……

新鲜的菌子

一个作家，只有深入到了生活的最深处，熟悉和洞察了独龙族人日常生活和心灵最深处的许多秘密，才有可能采集和发现更多鲜活、质朴、动人的细节。

作家采集到了不少朴素和美丽的独龙族民歌。这些民歌有一种

单纯、朴素和清澈的美,就像一面面明亮的镜子,或者像镜子一样明亮的小水塘,映照出了独龙族孩子们纯净的心地。例如这一首:

> 阿妹哟,阿妹,
> 你长得真好看哟,
> 你的头发像麻丝一样,
> 你的眼睛像宝石一样,
> 你的嘴巴像花瓣瓣。

再如下面这一首:

> 下雨的天气菌子多,
> 我们来找菌子了。
> 雨水下过了,
> 你们出来吧,
> 你们真乖,
> 让我们找到一窝菌子!

这本书,不仅给我们展现了独龙族这个生活在鲜为人知的偏远边疆地区、曾几何时所有的女孩一旦成年了都要以原始的神秘符号"文面"的古老民族的文明和进步的变迁史,揭示了一个古老的少数民族的发生之谜、生存之谜,也让我们看到了新一代独龙族人正在迈入现代文明进程、汇入中华民族实现伟大的中国梦的追梦之路。

洞庭湖畔摆渡人

傍晚时分,老艄公驾着渡船,把几个进山砍毛竹的山里客送过了桃林河,然后回来接了我和细伢子,到附近的一条港汊里去帮他收"罶床"。

罶(读音 liǔ),就是捕鱼的竹篓子,也叫"罶床"。这是洞庭湖一带老一辈渔民保留下来的一种古老的捕鱼方式,叫作"踩罶"。有经验的渔民会利用江河、湖泊和汊港、塘堰的地势和水流方向,在水下设置好"罶床"。清晨设置好了,傍晚就来收罶床,也叫"起篓子"。这种古老的捕鱼方式,在《诗经·小雅》里出现过:"鱼丽于罶,鲿鲨。君子有酒,旨且多。"鲿与鲨,都是鱼名。这几句诗大意是说:鱼儿钻进竹篓里游啊游,有的鱼儿比较小,有的却是肥美的大个头。好客的主人家里,还有味道醇厚喝不完的美酒……如今,这种古老的捕鱼方式,几乎要失传了。

洞庭湖及周边的河湾港汊里鱼类繁多,有草鱼、鲫鱼、鲤鱼、青鱼、鲢鱼、鲇鱼、鳜鱼、黄颡鱼、鳝鱼,当然还有河虾、螃蟹、泥鳅等。老艄公今天的运气算不错,收获了大半篓子的草鱼和青鱼,还有十来条黄颡鱼。"细伢子蛮有口福,今夜叫嫉驰给你和叔叔做黄颡鱼煮豆腐吃喽。"老艄公眉开眼笑地说着,麻利地收了罶床。嫉驰,是洞庭湖人对年老女性的尊称,这里指的是细伢子的奶奶。一阵欸乃,和着秧鸡和"水葫芦"等水鸟的鸣叫,小小渡船在玫瑰色的晚霞里返回了渡口。

山月当空，江声浩荡。像往常一样，一到夜晚，老艄公就在渡口生起一小堆渔火，噼啪作响的渔火上架着小小吊锅，吊锅里煮着沸腾的江水，也煮着满湖畔的月色。渔火驱走了夜晚渡口的潮雾寒气，也像在告诉那些正在河对岸赶着夜路的山里客——这里有一个朦胧的家，有一个可供你歇一下脚、喝一口热茶的地方；这里也可以供你坐下来，烘烤一下被草露和夜雾打湿的裤脚和鞋袜，顺便也倾吐一下心里的苦楚，交流一下明天的方向……

洞庭湖一带，湖连着湖，江连着江，河湾连着河湾，汊港连着汊港，没有船可怎么行呢。修桥是修不过来的，所以，当田地和田地被水分割了的时候，当道路和道路被汊港截断了的时候，渔民们最便利的交通工具就是船只。有船的地方就会有渡口，洞庭湖四周，到处都是大大小小的渡口。

算起来，老艄公在这个名叫"花狗渡"的渡口已经生活有一个甲子了。他在少年时代跟着祖父、祖母和父母亲，从湘江畔的捞刀河老家，迁到洞庭湖边的浮陵矶居住了下来。他的祖父和父亲都是撒网打鱼、收割芦苇的好手，渔船空闲的时候，也会摆摆渡，送南来北往和遇到点急事的人过湖渡河去。老艄公还是细伢子的时候，就跟着祖父和父亲早早学会了洞庭湖的打鱼人大都要掌握的那些谋生技能，撒网、踩罶、割苇、撑船、摆渡……样样都在行。

老艄公养着一只大花狗，花狗朝夕都在桃林河边和主人做伴，形影不离。渡船上、汊港边、苇林里，日子久了，这里本来的名字"桃林渡"渐渐没人叫了，人们更喜欢叫它"花狗渡"。有时候，要过渡的人来到这里没有见到老艄公，却总能看见那只花狗守在这里。花狗一看到有人来，先是哧溜一下不见了踪影，不一会儿就又欢跑着回到渡口，紧跟着，老艄公也回到了渡船前。

因为是周末，在镇上念书的孙子特意带着书包和作业，来渡口看爷爷和花狗。吃完了媂驰做的味道鲜美的黄颡鱼煮豆腐，还有美味的腊肉豆豉锅巴饭，我和这一家爷孙三口坐在渔火前闲话，披着朗朗的山月，喝着老艄公煮的泡姜盐豆子芝麻茶，听着峡口那边不时传来的呼啸的风声。

花狗依偎在老艄公脚下，好像也在对着渔火想自己的心事。花狗会有什么心事呢？它是在想念自己的妈妈和兄弟姐妹吗？

细伢子坐在渔火边，就着一盏风灯的光亮，俯在一张小木桌上写作业。作业写完了，又开始小声背诵古诗。细听他的背诵，原来是清代诗人查慎行的那首《舟夜书所见》：

> 月黑见渔灯，
> 孤光一点萤。
> 微微风簇浪，
> 散作满河星。

这首诗写得真美，好像描绘的就是眼前的光景。

听老艄公夜话，实在让我大长见识。洞庭湖的渔民把江边那些突出来的岩石或石滩，都叫作"矶"，城陵矶是洞庭湖许多出口中最大的一个矶，但当地渔民们更喜欢叫它"浮陵矶"。这是为什么呢？原来，老一辈洞庭湖人下湖行船时，有不少禁忌的话，是不能说出口的，比如姓"陈"或姓"程"的，连带其他与"沉"字有相同发音的字，像"城""成"这些字，都不能说出口，一律都要改为和"沉"的意思相反的"浮"字，所以，"城陵矶"就被渔民们叫成了"浮陵矶"。

"从岳阳城下逆水行船，沿江向上走一百来里水路，就会看见一座垒石山，山对面有个垮子，当地人叫它'秦琪望'，我十几岁初来浮陵矶，就住在那个垮子……"

老艄公简直就是洞庭湖的一部古老的"百科全书"。风里来雨里去，大半辈子过去了，什么事情他没有经历和见识过呢？八百里洞庭湖，收藏了老艄公多少酸甜苦辣的记忆。

"老爹，罾床我算是见识过了，听说洞庭湖一带的'迷魂阵'也非常出名？"我一边用敞口碗喝着豆子芝麻茶，一边又询问道。

洞庭湖人常喝的茶有两种，一种是泡姜盐豆子芝麻茶，又叫"六合茶"，主要原料是生姜、盐、黄豆、芝麻和茶叶；另一种叫"泡椒子茶"，就是把从茶椒子树上摘下的小果实晒干了，和茶叶一起冲泡着喝。"洞庭湖一带湿气重，天又冷，喝了这泡姜盐豆子芝麻茶和泡椒子茶，又驱寒又去湿。"老艄公一边舀着吊锅里烧沸的水给我泡茶，一边介绍说，"你把碗里的茶椒和茶叶一起细细品嚼，味道更好，可驱寒咯。穷乡僻壤的，没有什么招待贵客，只好多喝点热茶暖和暖和，解解乏喽。"

对于现在的世道人心，老艄公自有他明亮和固执的判断标准。他心里好像有一把看不见的尺子，碰到看不惯的事儿，他就拿出这把尺子来量一量。

一说起"迷魂阵"，老艄公心里更是来气。什么是"迷魂阵"呢？就是把连着大片网片的几十根竹篙，牢牢地插入湖水或河湾中，围住一片水域，只留出一个入口，围内再安放一些网兜。网片和网兜底下，还会坠上起固定作用的几十斤重的鹅卵石，有的贪心者还在水下布置一些"倒钩刺"和滚钩，只要有猎物误闯进了迷魂阵，不管大小都会有进无出。在老艄公心目里，"迷魂阵"可不是打鱼人的正经技能，而是一种涸泽而渔、大小通吃、"断子绝孙"的缺德勾当，要不得的。所以，只要他发现和识别出了哪条河湾、汊港和哪片湖面上布了"迷魂阵"，他就会想方设法去通知镇上的管理人员，赶紧派人来拆除它们。特别是在禁渔期，如果有人还偷偷地在湖面、河湾布置"迷魂阵"，那就不仅仅是缺德，而且还是违法的。早些年，老艄公的眼力好，力气也还算大，一两天下来，能撑着渡船找到和拆除好几个"迷魂阵"，现在可够呛了。老艄公明白，布设"迷魂阵"的家伙一个比一个狡猾，布下的"迷魂阵"也越来越隐蔽，不容易被发现。

"唉，世道变咯，人心也变喽。"渡口还是以前的那个渡口，河湾还是以前的那些河湾，可是世道变得太快了，变得让老艄公认不得了。所以连细伢子都晓得，爷爷也越来越不爱说话了，就喜欢一个人"吧嗒吧嗒"地抽着闷烟想心事。

曾经有一支优美的歌子，叫《洞庭鱼米乡》，生活在洞庭湖边的人们都喜欢哼唱，老艄公当然也能哼唱。歌子唱的是八百里洞庭湖上，秋日里鱼米丰收的喜人景象："洞庭啊湖上哟，好风光哎嘿嘿，八月哟风吹呀，稻花香哎嘿嘿。千张啊白帆哟，盖湖面哎嘿嘿，金丝哟鲤鱼呀，装满舱哎嘿嘿……红太阳光辉哟，照洞庭哎嘿嘿，轮船哟结队呀，下长江哎嘿嘿……"

辽阔的洞庭湖，是一代代洞庭儿女的"母亲湖"，也是大自然赐给三湘大地的一方美丽富饶的鱼米之乡。可是，在过去的许多年里，八百里洞庭变样了——不是变得越来越美，而是变得千疮百孔、支离破碎、洪灾不断了。

"唉，想起来真叫人好不心痛哪，都是让那些填湖造田的鬼名堂给折腾的，'崽卖爷田不心痛'喽！"老艄公说，前些年，眼睁睁看着洞庭湖被糟蹋得越来越不成样子了，好像谁都可以任意地围起一块来，抽干湖水，填充起来，变成自家的田地和厂子；还有呢，也不知道从哪里突然冒出那么多的挖沙船、掘土机，还有那些鬼也不晓得是做什么的各种厂子，把湖里湖外搅得乌烟瘴气、怪味刺鼻，连那些大雁、秧鸡、蓑羽鹤、大白鹭都不愿再飞来湖边歇脚了。

"老爹，您莫再生气喽。"我笑着安慰老人家说，"这些年来，洞庭湖一带实施平垸行洪、退田还湖、移民建镇的工程，不是很见成效吗？八百里洞庭正在恢复它应该有的样子咯。您看细伢子他们这代人，不是个个都晓得'绿水青山就是金山银山'，人人都懂得怎么去保护自己的'母亲湖'了吗？"

"这倒不假。"听我这么一说，老艄公吧嗒着烟锅，脸上总算露出了笑容，说，"水柳树要长在高岸上，毛竹子要长在肥土上，瞌睡鸟子不能干待着等飞虫，一兜禾还得靠着一兜雨水养喽。"

是啊，每一个时代，总是要艰辛地解决着一个个难题，一步步向前迈进的。过去那几年里，洞庭湖的儿女们，一茬茬的细伢子和细妹子，你跟着我，我约着你，像小野鸭，像野鸽子，像三月茶山上的鹧鸪，有的连翅膀都还没长硬呢，转眼就再也看不见影儿了，一群接着一群，都朝着远方飞走了。春工忙碌的时节，满山遍野是鹧鸪、杜鹃啼归的声音，却只在青青的茶山和老人们心头回响，村垸和茶山上却难得见到几个细伢子细妹子的身影。

如今可大不一样了。洞庭人家的新日子，随着国家的好政策，正在一天天发生着巨变。洞庭湖变美了，那些飞走的小野鸭和山雀子，不知什么时候又从四面八方飞回来了。"行不得也哥哥……行不得也哥哥……""阿哥阿姐……割麦插禾……"八百里洞庭湖，正在重新恢复它渔歌互答、茶园吐翠、水草丰茂的景象。而苦于跋涉的人们，也应该感谢"花狗渡"这样的渡口，感谢像老艄公这样长年坚守在渡口上的摆渡人。每一个渡口，都是田地与田地的联系，是江湖汉港与村镇小埠和道路的联系,也是过渡者与山里客们挥手告别的地方。江河日夜流淌,不舍昼夜。在生活的河流上,善良的人总是会全力撑起希望的小船,奋力前行,既渡自己也渡他人。小小的船头上,还总会挂起一盏闪着微光的风灯,既照亮自己,也照亮他人。

"三入岳阳人不识,朗吟飞过洞庭湖。"近两年,我曾数度到洞庭湖区采风,对洞庭湖早已有了深深的感情。今夜,坐在渡口的渔火边,听着老艄公夜话,不由得又想到洞庭湖人常说的那句话:人勤春来早。洞庭儿女们已经进入了他们的新时代,八百里洞庭湖畔春工忙忙、稻谷飘香、金丝鲤鱼装满舱的好年成,还会远吗?

嘉鱼挖藕人

接连下了两三场秋雨，驱走了藏在江南人家的最后一丝暑热，天气总算是凉了下来。原本满湖满塘的荷叶，渐渐变得零落和枯黄，野鸭、豆雁、苍鹭、水葫芦一类的游禽与涉禽，也许都知道，稀疏的残荷一天比一天藏不住自己了，所以纷纷开始梳整翅羽，准备朝着更远的南方迁徙。陆游《秋兴》里的"千点荷声先报雨，一林竹影剩分凉"，描写的大致就是这个时节吧。

晚荷人不摘，留取作秋香。莲荷已空，犹有鲜嫩而低调的藕根，正在泥下生长。大自然所栽培和恩赐给人间的东西，总有合适的季节让它成熟、壮大。这时候，迫不及待的挖藕人，也开始做着下湖采藕的准备了……

湖北素有"千湖之省"的美誉，全省境内拥有一千多条大小河流。纵横交错的水网，又连通和穿起了上万个常年不涸的湖泊，以"星罗棋布"来形容，实在不算夸张，而是写实之语。《诗经·小雅》里有一首描写水乡宴乐的诗篇《南有嘉鱼》："南有嘉鱼，烝然罩罩。……南有嘉鱼，烝然汕汕。""烝然"是众多的意思；"罩罩""汕汕"皆是描写鱼儿们在水中摇头摆尾的游动之貌。这两句诗是说：长江之南多的是鲜肥的鱼儿，成群的鱼儿在江河里游来游去。地处长江南岸的鄂南嘉鱼县，就是因这首《南有嘉鱼》而得名。

在地理上，嘉鱼属于古云梦泽中的"梦泽"。古云梦泽以长江为

界,分为云、梦二泽,长江以南为梦泽,江北即今天的江汉平原一带
为云泽。而幕阜山脉绵延千里,余脉延展到了整个鄂东南地区,这里
的通山、崇阳、阳新等都是山城,唯有嘉鱼可称水乡。县内有上百个
大小湖泊,说是"千湖之省"里的"百湖之县",也是名副其实。水多的
地方,湖塘、河湾、港汊自然就多,所以嘉鱼最丰盛的出产,除了鱼虾
河蟹,尤多莲藕与菱角。

汪曾祺先生的家乡高邮也是有名的水乡,外地人说起他的家
乡,往往开口就说高邮咸鸭蛋最有名。对此,汪老曾埋怨说,他对异
乡人称道高邮鸭蛋是不大高兴的,好像高邮就只出鸭蛋似的。同样
的道理,如果我们一味夸赞嘉鱼鱼多、藕多、菱角多,嘉鱼人会不会
也不大高兴呢? 好像嘉鱼就只有鱼、莲藕和菱角似的。

其实,除了这些水产,嘉鱼的稻米、竹木、茶叶、苎麻也很有名,
甚至在蛇屋山上,还有一座全亚洲最大的红土型露天金矿呢。真的
要怪,也只能怪嘉鱼的鱼、莲藕和菱角太出名了。

"南有嘉鱼",这《诗经》里的乡愁,早已成了所有嘉鱼人的乡愁,
这里且不说了;嘉鱼渡普镇的菱角,从斧头湖到西梁湖,种植面积多
达 15000 亩,年产菱米 3750 吨,每到夏秋时节,小镇上家家响着剁菱
角的刀板声,十里长街上菱米飘香……暂且也不说了。请嘉鱼的乡
亲幸勿怪罪,这里单写一写令我难忘的嘉鱼鲜藕,还有我认识的一
位挖藕人老梁吧。

老梁名叫梁大兴,四十来岁,一笑就露出一口大板牙。他不是嘉
鱼本地人,而是与嘉鱼隔江相望的藕池镇人。据说东汉时期,曹操率
八十三万人马下江南,在这里屯田采藕、筹集粮草,为赤壁大战做准
备,"藕池"的名字由此而来。老梁家是"挖藕世家",祖父和父亲都是
挖藕人,到他这里,已是第三代挖藕人了。

三年前,藕池镇那边因为"退耕还湖",藕塘面积减少了,一些挖藕人就来到南岸这边找活儿干。老梁因为手艺好,又吃得苦,一来到嘉鱼,就被珍湖这边的湖主和藕农给挽留住了,一边给新雇来的临时挖藕人传授经验,一边还担负起了湖塘轮作和养护的事情。

　　中国几千年来的农耕传统,孕育和造就了许多独特的农事手艺,一代代地传承下来,绵延不绝,实属不容易。比如陕西、甘肃一带的"麦客"(割麦人),新疆地区的"采棉人",贵州、四川一带的"放蜂人",几乎都成了"职业的"农事手艺人。

　　若不是认识了梁大兴,我还真不知道,世上还有"职业挖藕人"这个行当。我跟老梁打趣说:"行行出状元,老梁,还是你厉害呀,挖藕也能把自己挖成'专业人士'。"

　　老梁一边用一块油石磨着几把专用的藕铲,一边不无得意地笑笑说:"老人家不是说过,世界上怕就怕'认真'二字嘛!"

　　"说得好哇,老梁,用现在流行的话说,挖藕,你们是认真的。"

　　"必须的! 不认真,哪能上得了《舌尖上的中国》? "

　　老梁说得没错,《舌尖上的中国》第一集里,讲的就是嘉鱼挖藕人的故事。虽然老梁不是故事里的主角,但这一集的故事可是给嘉鱼莲藕做了个意想不到的"大广告"。纪录片播出后,全国都知道了,湖北嘉鱼是个"莲藕之乡",到了嘉鱼,别的可以不吃,却不能不尝一尝著名的"珍湖莲藕"。

　　嘉鱼的莲藕品种繁多,老梁告诉我说,若按用途分类,可分为籽莲、花莲和藕莲三大类。籽莲当然是为收获莲子米而种植的,以白莲为主;花莲以赏花为主,又分红花莲、白花莲、大叶苞等品种;藕莲是以收获鲜藕为主,所以珍湖这边全是藕莲。

　　"不过,今年来珍湖的客人,就没有这个口福喽。"老梁说,"今年正逢轮作,你看,湖里看不见几多荷花。"

我请梁大兴给我讲讲什么是"轮作"。他说:"跟田地上的轮作休耕是一个道理。湖塘底下的泥巴,也需要养护,需要积攒养分,这样,来年的莲藕才会长得好。"

"轮作期间,这么大一片水域,都闲着?"

"也不完全是闲着,你看那边,那几个人正在捞虾子,不种藕的年份,就养一季小龙虾,也可以增加一点收入的。据说小龙虾跟蚯蚓一样,对湖泥也能起到一点翻耕和保养作用。"

"真是'劳动出真知'啊!"我对老梁说,"湖塘和土地,摆在人人面前,农事里的秘密和智慧,却只有在劳作中才能真正获得。"

"是这样的,为什么珍湖里长的藕,味道比别处好?就是湖里淤泥深、养分足嘛。"

"大兴说得对呀,珍湖这边的人,有句话常挂在嘴上:荷花娇是黑泥巴里长的,姑娘娇是半吊子娘养的。好像有点挖苦人,但说的就是这个道理。"

说这话的是梁大兴的媳妇阿婷。阿婷也是藕池镇人,她说自己的强项不是挖藕,而是摘茶,她们那里把采茶女都叫"茶姑"。老梁来到嘉鱼"扎下"了,她也就跟着过来,一边照顾老梁的生活,一边也给老梁打打下手。

我和老梁在聊天的时候,阿婷就用一口大吊子(铁锅),在给我们煨龙骨莲藕汤,一阵阵香气飘过来。

龙骨就是猪脊骨,龙骨莲藕汤是嘉鱼人的一道"迎客菜"。因为野生莲藕上市时,已到秋冬时节,莲藕汤上桌后容易冷却,藕汤一冷却,就失了鲜味,所以,煨龙骨莲藕汤要充分利用"一热当三鲜"的原理,吊锅下一定要有文火慢慢炖着,最好就是木炭火。

"阿婷，舍下了老家绿油油的茶园，跟着老梁来湖塘种藕挖藕，太委屈你这个茶姑啦！"我跟阿婷开了个玩笑。

"俗话说，嫁鸡随鸡，嫁狗随狗，嫁给猴子满山走。"阿婷正往吊子里撒着切好的青蒜，笑着答道，"谁让我嫁了个挖藕的呢，就只好跟着来挖藕，没的选呀。大兴你快洗手去吧，人家徐老师大老远地来看你，肚子肯定饿了。"

不一会儿，我和老梁、阿婷，还有老梁的两个徒弟，就围着沸腾滚热的一大吊锅龙骨莲藕汤，动起了筷子。

"乡野湖塘，没的什么特别好吃的，就这点野藕，还算是新鲜。"阿婷给我盛了一大碗龙骨和藕段，"您是贵客，要多吃点呀！"

藕段都是切成菱形的，比在超市里买的家藕略细一些，丝子也多。用常见的家藕煨出的排骨藕汤是浓白色，奇怪的是，阿婷煨的龙骨莲藕汤，汤汁近乎是黑色的，味道却异常鲜美。

"家藕和野藕的区别，就在这里。没准是野藕的淀粉里，吸收了湖塘泥巴里的什么黑色素，一碰到铁锅和慢火，就被'激活'了，熬了出来，汤水就变成黑色的了。"见我有点诧异，老梁连忙解释说。

"哈哈，梁师傅，你这是《舌尖上的中国》看多了吧？你说的是典型的'舌尖体'嘛。"老梁那个最年轻的徒弟打趣说。

"人家徐老师是来采风的，我得实话实说，说出我的看法嘛。"老梁笑着回了徒弟一句，接着说道，"还有就是，野藕都是在湖、塘、沟、汊里自然生长的，藕节细长，前一两节藕头味道甘甜，后一节藕尾会有点苦涩，没准正是这甘苦两味一调和，鲜美的味道就出来了，跟我们过日子的道理差不多吧，没有苦，哪来的甜？"

"行啊，老梁，你简直就是个乡村哲学家嘛。"我从心底里欣赏和认同老梁的看法。

"大兴平时没的别的爱好,就喜欢看书。"阿婷不失时机地夸赞丈夫说,"满脑子的'心灵鸡汤'。"

"'学习强国'嘛,不学习不行呀!三天不学习,我连跟儿子对话的底气都没的啦!"老梁一边喝汤,一边又露出了得意的笑,说,"龙骨莲藕汤要喝,心灵鸡汤也得喝一点嘛。"

我知道,老梁夫妻俩有一个很争气的儿子,正在武汉的华中农业大学里念书,夫妻俩就用挖藕挣来的辛苦钱,供给儿子上学的费用。所以,他打心眼里感谢嘉鱼和珍湖这片水土,深知"幸福都是奋斗出来的"这个道理。这勤劳的夫妻俩也十分知足和乐观,相信只要肯干,不怕吃苦,凭着自己的双手,幸福和快乐还会来得更多;明天的日子,也会变得更好的。

这一瞬间,我想到了唐诗里的一首绝句《莲叶》:"根是泥中玉,心承露下珠。在君塘下种,埋没在春蒲。"甘甜的鲜藕是泥水中的美玉,像老梁和阿婷这样千千万万辛勤的劳动者,不也是植根在自己每一片乡土上的最质朴的植物,最宝贵的农事文明的种子吗?

"老梁,我还有一点好奇,想请教一下。我在江浙一带水乡,也见过一些采藕和卖藕人,他们一般都会在池塘和小河边,把鲜嫩、粗胖的藕节洗得洁白如玉,然后再挑到早晨的集市里叫卖。可是在嘉鱼这里,几乎所有的藕,表面都还涂着一层黑乎乎的泥巴,这会不会影响嘉鱼鲜藕的卖相呢?"

"洗藕和卖藕方法,我看是不太科学。这个嘛,不用我说,阿婷就能给你解释。"

阿婷抿嘴笑笑说:"其实,就是我前头说过的那句话:'荷花娇是黑泥巴里长的',可别小看了这层黑泥巴,它们就像是一层珍贵的膏子,能给藕节'保鲜',哪怕是离开了珍湖和嘉鱼,上了火车和飞机,运送在快递的路上，这层膏子还在继续给鲜藕'输送养分'，所以，人们从嘉鱼带走的鲜藕都会涂着一层黑泥……"

"人们带走的不光是莲藕，还有嘉鱼的泥巴气息嘛！"老梁又憨笑着补了一句。

"是呀是呀，人们从这里带走的，是一方水土的恩赐，是'南有嘉鱼'的记忆，是《诗经》里的乡愁呢。老梁，看来你不光是个乡村哲学家，还是个乡村诗人哪。"

"哪里哪里，就是一个挖藕人。"老梁望着阿婷，嘿嘿地笑着，露着自己的大板牙，说，"我说得对不对，阿婷？"

林间麋鹿遥相望

一

绵绵秋雨下了一整夜。

要是在往常,雨水早就平了池塘、小桥和秋草,没准还会漫过江岸。但是今年,干旱时间太长了,湿地里不少湖塘、池沼已干涸,长江古道的水位更是一退再退,大片江滩显露出来,龟裂出一道道深深的地缝。一夜秋雨,被旱情苦久的大地吸走了大半。

天还没亮,巡护员王世军就来敲门,递给我一双高筒雨靴和一套雨衣,咧嘴笑着说:"你不是想体验体验巡护员的日常工作吗?跟我走吧,好久没下了,鹿子们不定会欢闹成什么样子呢。"这一带的农民习惯把麋鹿称作"鹿子"。

"会不会有麋鹿趁机越出围栏?"

听世军这么一说,我顿时有点小兴奋,一边赶紧蹬上雨靴,一边迫不及待地问。

"那倒不会,雨水还远远没下到漫过围网的深度,鹿子想跑也跑不出去。"

世军当巡护员有六年多了,颇有经验。他告诉我说,麋鹿们水性好,能排着队横渡长江江面。有年夏天,长江古道一段发大水,湿地里汪洋一片,大水漫过了自然保护区的围网。麋鹿兴奋得上蹿下跳,有的还结伴游过长江,跑出了保护区,跑进了江对岸的洞庭湖周边的芦苇林和山野间,造成了一次麋鹿"外溢"事件。

"难怪有年夏天,媒体有过报道,说是洞庭湖周边惊现麋鹿'仙踪',原来是事出有因。"

"洞庭湖那边看见的鹿子,都是从石首这边游水过去的。"世军笑着说,"从石首这边跑出去的鹿子,好认得很,块头大,毛色亮,野性十足。"

"昨天我听温主任介绍说,最初迁到这里的麋鹿,只有 64 头,现在发展到 2500 头了,光是保护区内,就有一千五百多头。"

"嗯,跑到保护区外面的鹿子,属于'自然扩散'。"世军说,"其实,保护区的最终目标,就是能让鹿子成群成群地回到野外。"

"不赖呀,世军,连'自然扩散'这样的名词都晓得啦!"我故意调侃道。其实,世军说起保护区的麋鹿来,如数家珍。

"'跟着好人学好人,跟着鸦雀子学飞禽'嘛。"

"越出保护区的麋鹿,都跑到哪里去了?"

"近的是周边三合垸、兔儿洲这些地方,远的是洞庭湖周边和江汉平原,大的小的加起来,得有千把头了。"

"还有小麋鹿?"

"这片水土和草木,本就是鹿子的老家,它们回到这里,繁殖率、成活率高得很,跑出去的鹿子,也会下小鹿崽子嘛。"

世军说着,把一个鼓鼓囊囊的兜子挂在一辆摩托车的把手上。

"里面装的什么?"

"咱俩过早、过午的干粮和水。"

"巡护员平时都在野外吃早饭和午饭?"

"天气好的时候也回来吃。今天会有雨,路不好走,来回都得一身泥水。我怕你会饿,带上好垫垫肚子。"

世军原是附近上大垸村的村民。保护区成立后,他被收编为巡护员。像他这样以前靠种田、打鱼为生的农民被选进保护区当巡护员的,有六个人,可谓百里挑一。六个人各有分工,世军负责巡护30公里长的围网和围栏。

"是当巡护员收入高,还是当农民、当渔民收入高?"

"实话实说,还是当渔民时,东搞一点、西搞一点,收入要强一些。不过,附近好几个垸子,不是人人都能穿上这身衣服的。"世军拍了拍缀在黑色制服前胸上闪闪发亮的"XH005"编号工牌,憨厚的笑容里透着自豪。"XH"是"巡护"二字的第一个字母,"005"是世军的工号。

昨天我跟世军讲,让他带我从保护区里走上一圈,体验一下当巡护员的感受。没想到,今天一大早就心想事成了。

"巡护员一般都是天不亮就得进入保护区,摩托车,巡护日记本,望远镜,再加上用来拍照的手机,一样都不能少。"世军把巡护员的"日常必备"一一给我准备好了。

"还有这雨靴、雨衣和斗笠,应该也算吧?"我问。

"这些不能算。"世军笑着说,"以往我下田割稻,下湖放网,也是这身打扮的。"

二

麋鹿,俗称"四不像",只因它们长着鹿角、马脸、牛蹄、驴尾。又因生性喜欢水草和湿地,所以也叫"湄鹿"或"泥鹿"。湄,是水边、岸畔的意思;泥,指的就是湿地。

鹿是最古老的动物之一,据说约有4000万年历史。鹿的祖先叫

"古鼷鹿"，又称"始祖鹿"，体型较小，只有现在的野兔大小，四肢较长，不长角，背部呈弓形弯曲。经过了漫长的进化期，鹿才渐渐长成今天这个样子。在中国古代传说里，麋鹿是神兽麒麟的原型，也是神话人物姜子牙的坐骑。

说石首这片湿地是麋鹿的故乡，一点没错。早在距今 200 万至 300 万年前（更新世早期）的长江中游、江汉平原地区，就有麋鹿的踪迹了。从这个时间上看，麋鹿在鹿科动物中属于"后来者"，但它的起源又早于鹿科动物中的梅花鹿和马鹿。

石首麋鹿保护区的全称叫"湖北石首麋鹿国家级自然保护区"，位于湖北省石首市长江北岸荆江河段的天鹅洲长江故道区内。保护区内的湿地总面积真是够大，有 1567 公顷。东边起自沙口村的大堤，西边抵达柴码头村，南边的屏障是长江，北达长江故道水面。

长江故道，当地百姓习惯称"天鹅洲古道"。以前，长江流经石首这一段时，绕了一个大大的马蹄形弯子，当地人形容为"九曲回肠"。船行至此，不仅要多航行大几十里远的水路，而且一到夏天发水时，这里就会"水漫金山"，大马蹄形弯子就会变成一片汪洋，造成水灾。后来人们进行了好几次较大的"裁弯取直"改造，长江在这一段有了新的直线航道，这个"九曲回肠"的大弯道就变成了"长江故道"。故道环绕的这片沙洲，有个美丽的名字，就叫"天鹅洲"。

从地理构造上讲，这片大沙洲是典型的由江流冲积物沉积而成的洲滩平原。一年一度的江水泛滥季，受到八百里洞庭湖的顶托，江水流速降低，泥沙不断淤积，在天鹅洲形成了一大片广阔的苇草沼泽湿地。这类湿地的土壤质地，叫"轻壤"或"砂壤土"，有机质含量高，营养丰富，再加上这一带水汽充足，雨量丰沛，非常适宜芦苇、狗牙根、苜蓿、牛鞭草和各类莎草科植物生长。而这类植物，往往也是食草类动物和牲畜天然的牧草。

我问世军："湿地里的草本植物，大概有多少种？"

"听杨工程师讲，有上千种哪。还有一种野大豆，是国家二级保护野生植物。有了水，有了草，鹿子一年四季的口粮就不愁了。"

"林间、草地、沼泽，都是麋鹿的核心栖息地，高高的芦苇丛和树林子，还为麋鹿提供了挡风、避暑、隐蔽和睡眠的场所，麋鹿回到了老家生活，真像回到了前世的乐园。"

"说得太对了，鹿子们生活在这里，无忧无虑，打打闹闹，想游水就游水，想撒欢就撒欢，每天还有这么多人守护着，给它们做记录，真是舒畅得很、幸福得很。"看得出，世军心里好羡慕麋鹿的生活。

"是呀，是很幸福，一头公鹿，还有十几头母鹿天天围着转。"我故意笑着说。世军却不这么看，他说："一头公鹿要照顾好十几头母鹿，累得很。"

我又想到一个问题："对了世军，这片湿地里还有别的野生动物吗？麋鹿在这里有没有别的天敌？"

"天敌绝对没有。狗獾、兔子、刺猬一类小野物，我平常倒是见到过。听别个巡护员说，还看见过一只小野猪。有小野猪，就有大野猪咯。不过，野猪也不是鹿子的天敌，鹿子在这里绝对可以'称王称霸'，傲得很！"

三

沿着湿地的围网和护栏，世军用摩托车载着我，巡视了大约两个钟点。世军每天巡护的重点，是检查有没有围网和护栏出现破损和漏洞，一旦发现就要及时修补，既为防止麋鹿外逃，更重要的是检查有没有麋鹿被围网和护栏卡住,或是受到什么伤害。

麋鹿生性好动,也好斗。我问世军:"围网和护栏,都是麋鹿自己撞破的?"

"也有人为的。"世军说,"十个手指头不会一般齐。附近的村民,有的遵纪守法,晓得保护区是怎么一回事;有的就脸皮厚些,不自觉,改不了那些老习惯。"

"什么老习惯?"

"你知道,生活在这一带的村民,过去都是靠着江水吃饭的,哪家没有几张网子?长江禁渔了,可渔网禁不干净。有的人见到水就手痒,总想去搞一两网子,捞点鱼、撮点虾子什么的。所以,巡护员还有项任务,就是要巡查有没有人钻进了保护区下网子。"

说到这里,世军突然停下摩托,说:"我们去看看那片水面。都是泥巴路,滑得很,你当心点。"

说着,他从近旁的树林里取出一根又粗又长的竹篙。不用说,这是他事先放在这里的。

"哪里放着竹篙,我自己清楚,挑网子用的。当巡护员,眼力得好使,一眼能看到哪里会有网子。发现了网子就得马上挑出来,收拢到一起烧掉。要是网子缠到鹿角上,那可不得了,甩都甩不掉的。"

雄鹿的角确实挺大, 看上去好像脑袋上长着两棵带树杈的小树。麋鹿在林间和苇丛里奔跑、打斗,在江水和池沼里游水、嬉闹,不时地会把一些花枝、苇秸、水葫芦以及当地称为"鸡藤子"的植物,缠绕到头顶的"树杈"上。鸡藤子是江汉一带水乡常见的一种水生藤蔓植物,不少人把它当作"藕肠子"(藕带),其实是两种东西。鸡藤子还有个名字叫"鸡荷梗"。

头角上面"堆红叠翠",是麋鹿群里常见的景观。有的雄鹿头上,各类植物缠绕、盘叠得蓬蓬松松、花枝招展的，好像戴着硕大的"花冠"，让人不由得想到中国古代仕女的各式发髻，什么"戴胜""倭堕髻""盘桓髻"和"朝天髻"，真是应有尽有。有些藤蔓植物从鹿角一直披挂到鹿背上，雄鹿昂头奔跑时，英姿勃勃，长长的藤蔓随风飘荡，好像满身披挂着"王者"的绶带。

"要是缠绕的尽是鸡藤子、水葫芦什么的，倒没什么事，花枝干枯了，就会掉下来，也容易甩落。有的鹿子游水时，要是把水底的一些破网子翻腾起来，缠到角上，那就麻烦大了，弄不好会伤害鹿子性命的。"

"发现了这种状况该怎么办？"

"那得赶紧想法子给它把网子挑下来。缠得太紧的，巡护员弄不下来，就要第一时间通知工程师，说不定还得动用麻醉枪。"世军说，"所以说，藏在水里的网子，真是害人不浅。"

"现在还有人偷偷钻进来下网子吗？"

"现在很少了以往是有的，这些年，保护区天天给周边村民做宣传、讲自然保护知识，村民觉悟都提高了。有些网子是过去遗留在水下，没有清理干净的。所以，看到头戴'花冠'的鹿子，巡护员都要仔细辨认一下，鹿角上挂的是鸡藤子还是破网子。"

这时，在不远处的水岸边，有个人正在不停地朝着我们招着手，比比画画地指着一片芦苇林，好像很着急的样子。

世军望了望说："是哑哥，好像遇到什么事了，我们过去看看。"

四

来麋鹿保护区采访之前，我就暗自期待，能不能亲耳听一听小麋鹿的叫声。谁知道小麋鹿肚子饿了，或是遇到什么危险，要寻找妈妈的时候，是怎样叫唤的呢？

"呦呦……呦呦……呦呦……"没错，小麋鹿就是这样叫唤的。可见，《诗经·小雅·鹿鸣》里"呦呦鹿鸣"的描写是准确的。我国首位获得诺贝尔科学奖的药学家屠呦呦的名字，即来自这首诗的诗意。

保护区里的专家告诉我说，这首诗里写到的"鹿"，应该就是生活在北方黄河岸边的麋鹿，诗中"食野之苹""食野之蒿""食野之芩"的苹、蒿、芩，分别是指扫帚草、青蒿和芦苇类植物，现在麋鹿的日常食物里，也包含这些植物。

世军说的"哑哥"，真的是个哑子，一个残疾人。他本是保护区附近柴码头村六组人，五十来岁孤身一人，平时手脚勤快，又聪明又肯吃苦。因为从小没念过几天书，长期以来也不晓得自然保护这些大道理，所以当村民那些年里，也是见到水就手痒，总想下两叉子、撒一网子，偶尔也会偷偷钻进保护区内捞点鱼虾什么的。因为是个孤身残疾人，柴码头村委会也拿他没办法，觉得是个"负担"。

2003年，保护区和村委会商量后，破例把哑哥也收为巡护员。经过培训后，哑哥一边做些保护麋鹿的事情，一边在保护区内的河口管护站烧火做饭，干点后勤保障工作。

哑哥心地质朴、手脚勤快，与保护区里每个人都熟悉，大家也都喜欢和尊重他。温主任告诉我说："保护区就是哑哥'永久的家'，我们立了一条不成文的'规矩'：保护区一定会为这个残疾人负责到底，即使有一天哑哥老了，不能动了，保护区也要照顾好他。"

哑哥的大名叫王正华，时间长了，所有人几乎都忘了他的名字，保护区里无论年长、年少的人，都亲切地叫他"哑哥"。

我和世军走近了，只见哑哥着急地"呜哇呜哇"、比比画画，又指了指不远处的芦苇丛。

"哦,哑哥说,那里有头小鹿,好像被藤子缠住了蹄子。"

我们赶紧侧耳倾听,果然听见从苇丛里传出"呦呦"的鸣叫声。声音较小,但听上去有点急切,像小孩找妈妈时的哭啼声。

"遇到这种情况该怎么办?我们过去救一下小麋鹿吧?"我着急地望望世军。其实我也很想近距离地看看小麋鹿的样子。

"小麋鹿掉队落单,这样的事并不少见。"世军说着,赶紧给杨工打了个电话,然后继续说,"以前还发生过母鹿把小鹿产在农田里,母鹿随着鹿群走了,剩下小鹿被农民发现的事。"

"那是不是得赶紧抱回来,人工喂养?"

"不能,只能远远地守着,让小鹿自己挣扎出来,或是等到母鹿回来找它。"世军说,"不用着急,杨工一会儿就到。"

世军说的"杨工"名叫杨涛,是保护区里一位年轻的工程师,北京林业大学毕业的,读的是野生动物与自然保护区管理专业。2011年毕业后来到麋鹿保护区工作,一晃已有十年多。杨涛的老家在与石首相邻的公安县马河口镇,在保护区工作,算是回到家乡了。

果然,不到十分钟,杨涛就和另一位年轻的工程师张玉铭一起,带着无人机,骑着摩托赶了过来。

张玉铭是福建漳州人,与杨涛同一年来到保护区工作,东北林业大学毕业,本科读的是野生动物保护专业,研究生读的是动物学,主要研究鸟类,没想到现在主要是同麋鹿打交道。

看得出来,两位年轻的工程师对如何救助小麋鹿,非常专业。他们遥控着无人机,看清了芦苇丛里的小麋鹿并没有受伤,缠住它的蹄子的,也不是破渔网,而是植物的藤子,就放心了。

"有些救护常识,我们都一再跟巡护员们讲过,他们都懂得。遇到这种情况，尽量不要人为去干预，也不要想着去'抱养'什么的，而应该让麋鹿依靠自己的野性和求生本能，解决问题。"杨涛告诉我说，"只要不是被渔网、铁丝之类的东西缠住了，小麋鹿一般都能自己挣脱的。我们应该做的，就是远远地、耐心地守望着，有时可能要守上一整夜。哑哥和王哥做得对。"

"时间久了，小鹿会不会饿死？"

"一般不会，母鹿也不会跑得太远。"杨涛说，"我们有过好几次这样的发现：往往几个小时后，就会有母鹿跑来给小鹿喂奶。有一次，一头小鹿落单了，我们守望了一夜，第二天，天蒙蒙亮时发现小鹿不知什么时候不见了。走近现场仔细一看，我们发现了母鹿的蹄印，说明小鹿被妈妈领走了，我们也就放心了。"

"野生动物嘛，必须锻炼它们的生存本能，尽量不要改变它们的习性。"玉铭告诉我一件小事：冬日里，下雪天，湿地有时会结上一层薄冰。即便是这样，我们也尽量不去投喂什么。麋鹿会凭着本能，自己用蹄子刨开薄雪和冰层，找到冬麦、黑麦草和芦苇嫩芽等食物。

"保护区曾有过一次大的投喂经历。"杨涛说，"不过那时我和玉铭还没来。是在 2008 年，湿地里遭遇了特大冰灾，野外的食料被冻住了，麋鹿用蹄子也刨不开。保护区只好从荆州调来大量的胡萝卜等蔬菜和玉米粉、麦麸等谷物，还有少量的盐砖，进行人工投料。这种情况属于特例，只有极端气候下才会发生。"

我又想到一个问题："小麋鹿要长到多大，就是成年了？"

"小麋鹿'自立'能力还是很强的，生下几个小时之后就能独立地站起来，一周之内就可以跟着妈妈到处跑动了。雌鹿，一般是 2 岁性成熟，3 岁体成熟；雄鹿要慢一点，比雌鹿延后一年。小雄鹿两岁时就开始长角了。"杨涛说，"目前，保护区内约有三百头小麋鹿，一直保持着 20% 稳定的出生率。"

哑哥真的很聪明，杨涛和张玉铭说话的时候，他也专注地听着，好像都听懂了一样。最后，杨涛又跟哑哥交代了一番，意思是让他不用担心小麋鹿，远远地站在这边守着就可以。

哑哥点点头，放心地笑了。世军把带的干粮和水，留下一些给了哑哥，然后带着我继续往前面去巡视。

五

麋鹿被誉为长江中游地区的"旗舰物种"。石首麋鹿保护区，从1993 年、1994 年分两次从北京引进 64 头麋鹿，开始麋鹿重返原生地、恢复野生种群的探索，到目前已繁殖至大约二千五百头，成了"长江大保护"的一个奇迹，也被联合国教科文组织称为"全球濒危物种保护领域的成功范例"。

关注过麋鹿的人都知道，麋鹿曾有将近二百年"漂泊"海外的"游子"生涯，而它们的归来过程，堪称一部曲折的传奇。

温华军自 1991 年石首麋鹿保护区正式设立之日起，就再也没有离开过这里，是保护区内跟麋鹿打交道时间最长的几位"元老"之一，担任保护区主任也已有 27 年。我在这里采访期间，温主任几次跟我说："你如果要写麋鹿，一定要写一写外国友人玛雅女士。倘若没有玛雅的努力，也许麋鹿至今还在海外'漂泊'。"

玛雅出生在斯洛伐克，是牛津大学著名动物学家，一直在英国从事麋鹿研究。她的全名叫玛丽雅·博伊德，朋友们亲切地称她玛雅或"麋鹿女士"。为了麋鹿，她在中国留居了三十多年，其间的故事和细节，足够写成一部大书。在这里，我只能简略叙述一下。

1865 年,法国传教士大卫神父在北京皇家鹿苑发现麋鹿,首次使其有了动物分类学上的命名。之后,麋鹿开始流入欧洲。

　　1898 年,英国第十一世贝德福德公爵,斥资收购了散落在欧洲动物园的 18 头麋鹿,在乌邦寺建立了麋鹿饲养苑,使这一物种得到有效的保护而幸存下来。

　　而这时候,古老的中国正处在积弱积贫之时。麋鹿的命运,也与国运紧密相连。1900 年,麋鹿在它的原生地中国不幸灭绝。无论是黄河之畔还是长江两岸,再也听不到麋鹿"呦呦"的呼唤声。

　　麋鹿最终能回归中国,除了要感谢上述的一位神父、一位公爵,还有两个关键人物:一位是英国第十四世贝德福德公爵,他毕生的梦想就是希望把麋鹿送归它们的故乡中国;另一位就是英国动物学家玛雅,正是因为她的多年奔走和不懈努力,最终实现了第十四世贝德福德公爵的夙愿。

　　1985 年,第一批、总共 22 头麋鹿从乌邦寺鹿苑出发,经过陆路先运至巴黎,再乘着运输机,由第十四世贝德福德公爵的儿子、第十五世贝德福德公爵安德鲁,与乌邦寺首席饲养员比尔·阿普比和一位鹿类研究专家一起,全程护送到达北京。1987 年,第二批麋鹿再次被辗转送回了中国。

　　可以想象一下,一批"侨生"海外近二百年的活生生的大型珍稀动物,要从"侨生地"引回到原生地,该有多少环节、多少手续、多少包括科学技术在内的实际问题,需要一一落实和解决。曲折的回归之旅,几乎全靠玛雅一次次来华推动、协调和指导,才得以完成。所以,参与这个项目的中方人员,对玛雅女士有过这样的评价:"有着坚韧的意志,严谨的工作态度,坚实的专业基础,活跃的社交能力,十足的一位女强人。不具备这一系列长处,这个项目是很难推动成功的。”

还有一个科普性的疑问，我问温主任：“雄鹿那么喜欢打斗，那些高大的鹿角，是互相撞落的吗？”

“那倒不是，鹿角一般都是自然脱落。”温主任说，“眼下快到霜降了，再过两个月，冬至前后，鹿角就会自然脱落，也是我们回收鹿角的时节。”

“原来鹿角还需要回收？”

“必须的。鹿角有药用价值，也能加工成工艺品。一支鹿角在黑市上价格不菲，但鹿角交易是非法的，为了避免保护区的鹿角流于社会和市场，每年冬至前后，保护区都会全员出动，在较短的时间内进区寻找和回收鹿角，集中储存。到时希望你再来一次，让小杨和世军他们再带你体验一下，怎样寻找和回收鹿角。”

于是，我跟温主任约定，冬至前后，一定再来一次保护区。

呦呦鹿鸣，在《诗经》里听过，在《楚辞》里听过，在唐诗里听过，在宋词里听过。如今，这来自大自然的野性呼唤，这充满灵性的天籁，又回响在长江古道水草丰茂的沙洲里，回响在洞庭湖周边和江汉平原的青山绿水间。

林间麋鹿遥相望。你是我们千年、万年的追寻、疼爱与牵挂，你是我们古老、悠远和永远的乡愁。

一船明月过江来

  三十年前，我从幕阜山区的鄂南小县城调到武汉工作。当时，从武昌东湖边的三官殿，走到东亭路上的省新闻出版局，或去往黄鹂路上的省文联、省作协这些路段，全是没有拓建的泥巴路。我记得第一次到出版社报到时，正是夏日的一场豪雨刚过，整个东亭路被积水淹没，变成了一条溪流。那天我只好脱下鞋袜，挽起裤管，把不满两岁的女儿扛在肩膀上，一只手提着行李箱，从三官殿蹚着水慢慢跋涉到了新闻出版大楼下。一晃三十多年了，当时的情景仍然历历在目。

  那时候我住在东亭路上。去一趟省文联、省作协，要从三官殿那里走过一条窄窄的、两边长满野草和樟树林的小路。沿路鸡犬之声相闻，跟走在乡村小路上无异。谁能想到，三十年后，三官殿一带变成了武汉最宝贵的地段；东亭路和黄鹂路，也被人们誉为武昌"最文艺的街道"，凡是从外地来的文学界、艺术界人士，一般都会来此"打卡"，因为湖北省博物馆、美术馆、文联、作协、报业集团、社科院、新闻出版广电局、知音传媒、新华社湖北分社等文化和文艺单位，全部集中在这一带。

  武汉是一座九省通衢的繁华大都市。自1861年汉口开埠以来，这座城市从一个个水码头出发，走出汉水，走出长江口，走向太平洋、大西洋，不断发展壮大，二十世纪初叶就被人称为"东方芝加哥"。而由武昌、汉口、汉阳三镇合为"武汉"这个名称,还不到一百年。1927年初,国民政府将武昌与汉口(内辖汉阳)两市合并作为"首都",正式定名为"武汉市"。在此之前,武汉三镇各自独立存在。如果再把时间往前推移一下,那么,汉口镇的形成也只有五百多年的历史。《汉口竹枝词》里有言:"五百年前一沙洲,五百年后楼上楼。"明成化年间,汉水改道,汉江口沿岸一带始有居民点。到明嘉靖四年(1525),汉口初具市镇规模,沿着汉水和长江,由河街而正街,由内街而夹街逐渐扩展,先后形成了八个渡口。也就是竹枝词里描写的"二十里长街八码头"。所以今天的武汉人总是说,这座城市的底蕴是"码头文化"。

长江汉水,江声浩荡;白云黄鹤,孤帆远影。见证了这座大城自近代以来多少次的天地玄黄、盛衰沉浮,也见证了她的摩登与繁华、艰辛与苦难,还有她的风花雪月与市井弦歌。虽然不见"南朝四百八十寺",但三镇的深巷里自有"多少楼台烟雨中",也在无声地铭记着这座城市鲜为人知的故事。

我虽然不是土生土长的武汉人,但毕竟已在这里生活了三十多年,对这座城市的爱与知,也与日俱增。我曾写过《孤帆远影碧空尽》和《消逝的武汉风景》两本书。穿行在武汉三镇一座座、一片片迷宫般的老房子里,寻找和叩访着那些隐藏在旧巷和老街深处、几乎被人遗忘的荒园和楼台,我试着以不同时代进出老屋深院的人和事为线索,以一些尘封的文献和亲眼所见为依据,去钩沉一些事件的来龙去脉,发现一些人物的命运遭际,当然,从中也能看到这座城市的市井风习、道德风尚的此消彼长和转移秘密。我做不了这座城市的"通灵人",却努力想用自己的文字去擦拭和理解这座城市曾经的苦难与风流、艰辛与繁华,去欣赏她的陋巷弦歌和市井叫卖声,以此表达我心中的热爱。

我爱她的风花雪月，也爱她的市井烟火气息。三十多年来，我一直居住在东湖边，亲历了三官殿、黄鹂路、东亭路一带从鸡犬之声相闻的"城中村"到风雅浪漫的文艺街区的华丽转身。幸运的是，由三十年前那条窄窄的荒草小路而变成的武汉最美的一条大道东湖路，靠近东湖的那一侧，几十年前就在那里生长的一大片樟树林，被完好地保存了下来。

这片樟树林，三十年来一直是我心目中和许多文章里的一片憩园。坐在我家七楼的阳台上远眺，烟波浩渺的东湖湖面，还有远处黛绿色的珞珈山麓、磨山顶峰，都可尽收眼底。几乎每天傍晚，我也要沿着一条林中小路，走进这片幽深和寂静的、由许多高大的香樟树、枫香树和少量的松树组成的树林中去散一会儿步。我没有去过美国康科德郊外的瓦尔登湖，但在我的想象里，这片树林和梭罗的瓦尔登湖畔的树林差不多。深秋时节，樟树林里落叶缤纷，琥珀色的、深红色和金黄色的落叶在地上铺了厚厚的一层。在这片树林的边缘，还有空旷的大草坡，草坡上长着不少枇杷树。这里是我读书、散步、沉思的"村庄"，我的"江南黄叶村"。我在这里聆听斑鸠的鸣叫，观察戴胜鸟和丝光鸟的活动规律，也看到过小松鼠们机警地奔向树顶的样子。这三十多年来，我的不少作品也是在这片美丽的樟树林里一边散步一边完成构思的。

当然，这座城市给予每个人，包括给予我的，也不尽然全是风花雪月。根深蒂固的"码头文化"，一直在影响着这座城市的日常生活和城市风习，其中有懿行美德也有不少陋习。《汉口竹枝词》里记录和描述了不少旧武汉的市井风习，这些风习有的已经销声匿迹，有的却至今仍然有章可循。

武汉是长江边有名的"火炉"城市之一，一到夏季酷热难当。在很长的年月里，武汉夏夜里就有家家户户喜欢露躺街头的消暑奇观。盛夏时节，一到傍晚大街小巷里的人们就开始在自家门前的地面上一次次地泼洒凉水，给地面降温。待地面的水汽蒸发后，便纷纷搬出自家的竹床、竹躺椅等卧具，一字摆开。吃过了晚饭后，男女老幼就会换上最凉爽的、少得不能再少的汗衫短裤，手执蒲扇，或躺在竹床上，或躺在躺椅上，说说笑笑地度过一个个酷热的夏夜。竹枝词"后街小巷暑难当，有女开门卧竹床"，描写的就是汉口花楼街夏夜的这种小景。今天，人们普遍住上了高层楼房，都用上了电扇、空调，竹床摆街的景象，也默默消失在岁月中。

有码头就会有码头工和挑夫，竹枝词里也有描述："杂货扛抬到晚休，外班气力大如牛；横冲直撞途人避，第一难行大码头。"这种在码头上"横冲直撞"，颇有点"野蛮作业"的风习，今天也还没有完全绝迹。

武汉人，尤其是在老汉口长大的，都有喜欢挖苦和揶揄外地人的陋习。特别是对河南、安徽、江西等地来汉做小生意的人，更是视为"乡里人"，言语里常带讥讽和嘲笑。此种风气至今不改。竹枝词曰："徽客爱缠红辫线，镇商鼓捻旱烟筒。西人不说楚人话，三处从来各土风。"这是在评说安徽和镇江商客的，还算客气。对"江西老表"开起玩笑来，显然就含着挖苦和讥讽意味了："银钱生意一毫争，钱店先生虱子名；本小利轻偏稳当，江西老表是钱精。"

最能代表武汉"码头文化"中的陋习一例，就是"黄鹤楼上看翻船"这句俗语。武汉水陆交通称便，古往今来，多少人曾在这里同船过渡。李白在黄鹤楼下的江边遇到过"令人都愁苦"的商妇，白居易在鹦鹉洲遇见过"歌泣何凄切"的歌者。逢上大风或大雾天，两岸隔绝不通，来往过客就会遭遇更多的辛酸和苦恼。当江上风急浪高，覆舟溺人的惨剧也时有发生。"黄鹤楼上看翻船"这句含有幸灾乐祸性质的俗语由此而生。曹聚仁的回忆录里有一节"失望的旅行"，其中说道："在黄鹤楼上看翻船，三分惊骇，三分痛快，三分疑虑，还有一分同情，这也代表着湖北人的人生哲学。"曹聚仁这么说也算是客气的了。

所幸的是，这种风气如今早就绝迹了。太阳每天都是新的，这座城市也在一点一点、一年一年地扬弃和改进着过去年代留下来的一些陋习，步步向前迈进。我虽然不是完全赞同"武汉每天不一样"这句城市口号，但是，只要她是在引领着自己的市民，朝着更美好、更幸福、更文明的明天走去，"每天不一样"就"不一样"吧。我相信，每个武汉人也都会因此更加珍爱生于斯、长于斯、歌哭于斯、奋斗于斯的这座的城市。

此刻正是夏季。荆楚大地上，万湖荷花正在盛开。仅在武汉市区内，就有大约一百六十个大小湖泊。竹枝词曰："乘凉最好是琴台，万柄荷花槛外开。直到夜深方罢饮，一船明月过江来。"武汉也是一座高山流水觅知音的城市，她正捧出百湖莲藕、万柄荷花，欢迎各地朋友的到来。

五月蕲艾香

一到五月，又见遍野蕲艾青，又闻满山蕲艾香。

艾草是一种古老的菊科植物。湖北蕲春县，古时候叫蕲州，是明代药学家李时珍的故乡。蕲春盛产的艾草就叫"蕲艾"，是当地有名的"蕲春四宝"（蕲蛇、蕲龟、蕲竹、蕲艾）之一。李时珍在《本草纲目》里记载：艾叶以蕲州者为佳，天下重之，谓之蕲艾。

每年五月到七月，是蕲艾的采收期。以往几年里，一到五月，在蕲春县赤东镇陈云村驻村的老唐，就会邀我到蕲春乡间，到他驻村的那个镇子周边走一走，闻一闻漫山遍野的蕲艾香，名曰"采风"。

去年，老唐已经退休，回到了省城。但他对蕲春山山岭岭的感情，是永远割舍不了的，几乎每个月，甚至每隔一两个星期，他都要回到蕲春去住上一晚，他戏称在蕲春吃的是"百家饭"，随便那个垸子的乡亲，没有不认识他这个退伍老兵的。

老唐高中一毕业就参军入伍，成了昆仑山下南疆喀什河畔一名光荣的成边战士。度过了二十多年为国戍边的军旅岁月后，已成为正团级军官的老唐，披着一身风沙，从部队转业回到家乡湖北，分配在省委直属机关工作。2008年，老唐主动请缨，担任小康工作队队长，在鄂东蕲春县八里湖农场驻队一年。这是他在扶贫战线上的"霜刃初试"，自称是脱下军装和西装，当了真正的"田舍郎"。2017年，他再度请缨，奔赴脱贫攻坚战第一线，在蕲春县赤东镇陈云村担任驻村第一书记、工作队队长，兼任赤东镇党委书记。

在赤东镇驻村的日子里，在鄂东的山岭河谷间，老唐带着扶贫队队员们风餐露宿、披星戴月，参与了脱贫攻坚这部伟大的当代"创业史"的书写，像布谷催春一样，付出各自的心血、智慧和力量，催开了漫山遍岭的映山红，也迎来了遍布山野的蕲艾香。

"得亏了老唐他们工作队啰！一个塆子一个塆子地跑，一道畈一道畈地看。四年下来，陈云村总算是'鲤鱼跳龙门'，从以往远近闻名的贫困村，变成了今天全黄冈无人不晓的脱贫攻坚'示范村'。"类似的话语，我从赤东镇不少乡亲口里听到过。

脱贫攻坚战结束后，老唐仍然舍不得离开赤东镇，于是他第三次请缨，坚持留在由脱贫攻坚就地转变为乡村振兴的工作队里，继续奋战在乡村振兴第一线。这时候，这位退伍老兵已近花甲。像老唐这样年届花甲还在担任驻村第一书记、工作队队长，依然奋战在山乡第一线的人，在全国各地所有奋战在脱贫攻坚战线的奋斗者中，也不会太多吧。

"以前，赤东镇的乡亲也喜欢种植蕲艾，但都是小打小闹，附加值不高，形成不了气候。"老唐和工作队驻村这些年，带领乡亲们规模化、产业化、精细化种植蕲艾，用小艾草背后的大产业，托起了农民们的致富梦。

今天，浓浓的蕲艾香不仅弥漫在赤东镇各个塆子和山山岭岭上，也成了整个蕲春县的一张"产业名片"。"全县有15万女性在蕲艾这条产业线上挥洒汗水。"老唐自豪地说，"以往那些年，没有哪个细妹子愿意嫁到赤东镇这边来，现在可不一样喽，一走进赤东镇和陈云村，长得俊俏、穿着时尚的细妹子、小媳妇多的是。要是你上前仔细问问，这些细妹子、小媳妇说起蕲艾的子寅卯丑来，个个如数家珍。"也难怪呢，现在，外地人来到赤东镇上，耳闻目睹的话题大都与蕲艾有关，什么百艾园、蕲艾养生馆、神蕲长廊、神蕲艾谷、蕲艾研学体验基地等各种名堂。

除了带领乡亲们种植蕲艾，用艾草创造幸福的新生活，我发现老唐这位退伍老兵还有一手绝活儿，就是能写得一手漂亮的小楷。这是他的"童子功"。喜爱写字的人，自会有一种闻鸡起舞、铁杵磨针的恒心与耐心。驻队扶贫这些年里，哪怕白天的工作再苦再累，每天收工后，待到村塆里人声消歇、灯火稀落、虫声唧唧之时，往往是老唐在他住的那间简陋的宿舍里静心写小楷的最佳时刻。不难想象，白天里要穿山越岭、走村串户，肩挑乡村振兴大任，为乡亲们扶贫解难；夜晚归来，以小楷和行草抄诗解乏。鄂东山塆的夜晚，乡亲们大都睡得也早，夜晚里也无其他文娱活动，所以静夜里伴着虫声和蛙声写字几乎成为老唐雷打不动的"夜课"。一盏孤灯、一张简易小木桌一支羊毫纤笔、一小沓生宣，有时写着写着，不知不觉就写过了午夜，写到"不知东方之既白"。

老唐的一手漂亮的小楷，在小小山乡也赢得了众多父老乡亲的"追捧"和称赞。他以自己的笔墨能够作为春联贴在乡亲们的门楣上为荣。他在驻队扶贫期间写的不少幅漂亮的小楷，都顺手送给了乡亲们，有的被村民拿去给小孩当字帖用了。他深知他和脱贫攻坚工作队的战友们在山村工作，既要扶贫，也要"扶志"和"扶智"。他希望自己写的字能够做到雅俗共赏，为乡村道德文明建设，为传播中国传统文化，起到一点润物无声的作用。所以，他在给乡亲们写字的时候，尽量挑选一些乡亲们看得懂的内容，能让老百姓喜闻乐见，能有助于普通百姓的审美、培德、益智，甚至在培植和传递良好家风等方面起到一点作用。

第二辑

灯火故乡

远方

  那时候,这个偏远的小山村还是热闹的,村里还有许多的少年。

  曾经,他们一起站在家乡高高的山巅上,遥望着远方湛蓝的天空,天空下是一片蓝得耀眼的大海,大海上缓缓移动着银色的帆影……

  曾经,他们沿着丛林和芦花飞舞的山路,在风雨里骄傲地奔跑,"哟嗬嗬……"地呼叫,一边奔跑呼叫,一边挥动着脱下的衣服。每个小小少年,都是那么勇往直前……

  曾经,当弯弯的彩虹在山的那边升起,大海上有大团大团的白云在舒卷,他们会攀爬到结满松塔的松树上,眺望远方那永远也望不见尽头的群山……

  可是,不知从什么时候起,村里的少年越来越少了。孩子们都不愿住在这样偏远的小村里了。他们就像在秋天里迁飞的椋鸟,纷纷跟着进城打工的父母亲远去了,去到了谁也不知道的城市和远方。

  现在,只有小秋和另外几个孩子,还留在小小的山村里。

  小秋是一个孤独的孩子,在他很小的时候,爸爸就离开了他,他和病弱的母亲生活在一起。他们住在小村的边上,离他的家不远处,有一个小小的火车站。

  每一次,小秋背着柴火回来的时候,就会站在那里,默默地望上一会儿。火车鸣着汽笛驶来了,然后又鸣着汽笛远去了。

  有时候,他会独自坐在晚霞映照的山坡上,看火车拉响汽笛向远方驶去,一颗少年的心,仿佛也跟着火车飞得很远很远。

小秋很爱他的母亲,小小年纪就担起了照顾母亲的重担。只是,他家的小屋总是黑咕隆咚的,低矮、暗淡,还有一些冷清。他从很小的时候起,就学会了干各种各样的农活儿。挑水、砍柴、犁地……他是一个那么勤快和懂事的少年。

他和母亲在自己的乡土上辛勤地劳作着,过着平平淡淡和艰辛的日子。他家的小屋附近也很少有人家。小小少年的脸上,总是带着几分淡淡的寂寞和忧伤。

他仅有的一点欢乐时光,就是当他看到火车从远方驶来,在小站上停留那么几分钟的时刻。

这时候,不管他手头正在干着什么活儿,一听到汽笛的长鸣,他就停下手来,默默地望上一会儿。有时候,他也会飞快地向小车站跑去。他计算得是那样精确,几乎总是和火车同时到站。

黄昏的时候,每一节车厢里都亮起了温暖的灯光,车厢里拥挤着各种各样的人,看上去是那么的热闹。对这个孤独和寂寞的乡村少年来说,这是一个多么快乐、生动、活跃的世界啊。

他的呼吸有点急促,额头上冒出了晶亮的汗珠儿。他出神地观望着车厢里的一切,心中好像引起了许多想象和渴望。

但只有短短的一会儿,火车又随着一声汽笛长鸣,隐没在了远方的夜色里。小村里又变得那么冷清了。

当然,还有远去的火车留给小秋的,一天又一天孤单的日子。

有一天,病弱的母亲再也挺不住了,母亲拉着小秋的手,咽下了最后一口气。小小少年,永别了自己亲爱的母亲。

在母亲坟旁的大树下,他默默地坐了一整天,直到黑夜来临了,星星升上了远处的山峰。

当然,这个少年并不知道,当他的母亲去世的时候,当他孤独地默坐在母亲的坟前的时候,有个与他青梅竹马的小姑娘,也远远地站在不远处的草垛边,站在不远处的小树后面,心疼地看着他,默默地替他难过,好像正在分担着他的忧愁。

他们曾经一起站在山巅上,一起在风雨中奔跑,一起攀爬到大松树上眺望远方……

几天后,当黄昏的星星又在闪耀,火车又鸣着汽笛,再次经过这里的时候,小小少年背起一个小小的行囊,最后看了一眼自己的小村,还有母亲和他一起住过的小屋。

然后,他擦干眼泪,踏上了停在小站上的火车,毅然离开了自己的家乡,离开了这个冷清的小村。

去什么地方呢? 天色这么晚了。

美丽的火车,孤独的火车啊,你将把这个孤独的少年带到什么地方去呢? 在未知的远方,将会有什么样的生活和明天在等待着他呢?

是啊,在现代文明和快速发展的城市化进程中,一些山村和山村少年,正在经受着越来越明显的疏离感和孤独感。一代代山村小孩的童年,正在经历和承受这种日薄西山般的失落、冷清乃至消逝。

当小秋下决心离开这个小村的时候,他并不知道,那个小姑娘,也在悄悄为他哭泣。

她默默地站在远处的山坡上为他送行,看着火车鸣着汽笛驶向了远方。泪水,打湿了她手中的蓝色手帕。

此刻,大树,正在一棵棵地向后面退去……

小小少年,怀着一颗无所畏惧的心,踏上了自己新的生活的道路。那是一颗向往远方、勇往直前的心。

他一定在梦想着,终于摆脱了眼前这种孤独、暗淡和冷清的生活。他一定在梦想着,自己也能像别的伙伴一样,有自己新的生活和明天。少年的心中,一定生发了自立自强和追寻远方的梦想的力量。

坐在安静的车窗边,望着渐渐模糊的家乡,小秋好像是第一次露出了一丝丝笑容。他好像正默默地对着世界和远方说:

"火车,火车,带着我去吧,不管你是往哪儿开……"

祖父和我

很小的时候,我跟着祖父祖母,在家乡的小山村里生活。

祖父给生产队里喂养着四头黄牛和三头驴子。第二年春天,又添了一头小牛犊和一头小毛驴,祖父叫它们小黄和小灰。"小石头,你要好好照看小黄和小灰,和它们一起长大。"祖父对我说。

祖父给它们铡草料,总是铡得细细碎碎的,就像祖母切的葱花一样。祖父说:"小石头,你要记着,寸草铡三刀,没料也长膘。等你长大了,也要这样给牲口铡草料。"

那是贫困的年月,各家的口粮都不够吃的。祖父宁肯自己节省着吃,也要拿出一些玉米和豆子,把它们炒熟了,拌进牛和驴子的草料里。

有一次,小灰生病了,祖父心疼得睡不着觉,把自己的被子盖在小灰身上,给它发汗。

半夜里我醒来了,提着马灯去找祖父。

祖父守护在牛棚里,轻轻抚摸着小灰,就像一位母亲守护着睡熟的孩子。

有了祖父细心的照料,小灰坚强地挺了过来。在秋天的大洼地上,它又和小黄一起到处撒欢儿了。

每次出去放牧,祖父总会背上一个大筐子,让我也背上一个小筐子,筐里还有一把小铲子。干什么呢?用来捡拾干牛粪。

"爷爷,好脏的啊!"

第一次捡牛粪,我把鼻子和嘴巴捂得紧紧的。

"小石头,你想一想,牛吃的是干净的青草,还能产下白花花的牛奶,你还会觉得脏吗?"祖父一边说着,一边把那些晒干的牛粪和驴粪,铲进筐子里。

"爷爷,那边还有好几坨呢,怎么不铲进筐子里?"

"那是给那些野草留下的。你想啊,有了那些牛粪,明年小草们会长得更茂盛,等夏天一到,它们又会开花、结穗,小黄和小灰,就会跑来吃掉它们……"祖父说。

太阳落山了,金色的星星在高高的山巅上闪亮,小村里,家家屋顶上都升起了淡蓝的炊烟。

祖父和我,赶着牛和驴子们一起回家。

我看见,祖母站在村口的老柿子树下,正在等我们回家吃晚饭。奶奶的手里,拿着要给祖父和我添加的衣裳。

祖父把干透的牛粪整齐地堆在屋檐下。没有干透的牛粪,祖父就戴上手套,把它们团成一个个圆饼,贴在石头墙壁上,好让太阳把它们晒干。

祖母做的玉米面窝窝头好香,每次吃窝窝头,我都会学着祖父、祖母的样子,一只手拿着窝窝头,另一只手放在下面,好接住掉下的渣渣。

祖父说:"每粒米饭,哪怕一点点玉米渣渣,都是土地赐给我们的,可不能随意抛撒呢!"

祖父吃煮熟的红薯,从来不舍得剥皮,总是连皮一起吃掉。我也照着祖父的样子,连红薯皮一起吃掉。

祖父总是惦记着小黄和小灰,怕它们吃不饱。他走进牛棚里,把自己不舍得多吃的窝窝头一块块掰开,喂给小黄和小灰吃。

冬天到来的时候,祖母就用那些干牛粪烧火取暖。整个长长的冬天里,我们的小屋里和土炕上都是暖暖的。

奇怪的是,这时候我真的一点也不觉得牛粪脏了,在它们燃烧的火光和气息里,我好像还闻到了干草的清香。

正午的时候,阳光暖暖的。祖父把牛和驴子牵到村口的山墙边晒太阳。小黄和小灰,温顺地依偎在自己妈妈身边,看上去是那么幸福和安静。光滑的皮毛,就像绸缎一样在阳光下闪亮。

祖父总是闲不住,他搅拌了一桶白石灰水,在村口的每一堵山墙上,都画上了一些白色的大圆圈。有的墙上,原来画过的白圆圈被雨水冲洗掉了颜色,祖父又把它们重新涂好。

"爷爷,为什么要画这么多白圈圈呀?"

"小石头,你猜猜看……哦,猜不出来?告诉你,这些白圈圈是用来吓唬灰狼的!"

原来,一进入冬天,山野里没有什么东西吃了,狼就会在黑夜里溜进村里找吃的,有时还会伤害到大人和小孩,还有牲畜和家禽。不过,狼生性多疑,只要它在黑夜里远远地看见这些白色的大圆圈,害怕会被大圈圈套住,就一步也不敢靠近村庄了。

"这样哪,小孩子就不用害怕灰狼会进村了,对不对?"

"对呀爷爷,我们的小黄和小灰,所有的牲口,夜晚里也可以安生睡觉了。"

祖父真是一个了不起的人,他的办法就是多。

我、小黄和小灰,都在慢慢地长大。

春天来了,布谷鸟在远处的山谷间歌唱。我赶着小黄和小灰,把一小袋、一小袋种子和肥料驮向田野。

这是祖父的田野、父亲的田野,是我们家乡一代代人的田野。祖父说,将来这也是我的田野。

我们用辛勤的汗水迎来了收获的季节。我赶着小黄和小灰,从山冈上驮回收获的玉米和花生。我的小脚印,和小黄、小灰的小小蹄印一起,留在家乡的每一条山道上。

有一次,小灰的小蹄子被山道上的石头碰破了,小小的、带血的蹄印,就像一朵朵鲜红的石竹花,印在山道上,让人看了心疼。

我轻轻抚摸着小灰说:"对不起啊,小灰,让你受苦了!"小灰宽厚地摇摇尾巴,好像一点都不在意。

又一个秋天远去了,小黄和小灰,在辛勤地劳作中变得更加健壮了。这天,祖父亲手给它们的每只蹄子都钉上了崭新的蹄铁。

"要听话,小家伙,别害怕,钉上了蹄铁就像穿上了新鞋子,再也不会被石头割伤了!"

穿上了新鞋子的小黄和小灰,看上去是那么神气。两个小家伙这里闻一下那里蹭一下,互相追赶着跑来跑去的,小小的蹄子下发出"哒哒"的声音。

我一只手搂着小灰的脖子,一只手抚摸着小黄的头。

"谢谢你,小灰,小黄,你们都是我最好的朋友!"

当我从光滑的牛背上滑下来的那一天,我也真正长大了。

长大了,我离开了祖父和祖母,离开了家乡,也离开了我童年时代的朋友小黄和小灰,到远方寻找我的前程去了。

许多年过去了,辛劳一生的祖父和祖母都早已离开了人世。

这么多年了,我也再没有见到过小黄和小灰。它们一定早就长大了,也许已经变老了吧。

小黄和小灰,你们都在哪里呢?

小小的村庄变得我不认识了。但是祖父画的那些白色圈圈,还留在一些残存的墙壁上。

小村里的一些人家还保留着一个习惯:在长长的冬天里,用干透的牛粪烧火取暖。

"这是你爷爷留下来的习惯,我们得传下去。"一位长辈对我说。

我知道,祖父还留下一个习惯,早已变成了我的习惯。是的,你们猜对了:每次吃东西,我都会学着祖父的样子,一只手拿着食物,另一只手放在下面,好接住掉下的渣渣。

因为我一直记着祖父说过的话:每一粒米饭,哪怕一点点玉米渣渣,都是大地妈妈赐给我们的,我们可不能随意抛撒。

见字如面

　　老家的村庄里,以前一直保持着一个非常好的传统:每年一到腊月,村小学里那位颇有文采、字也写得漂亮的老校长,就会代表全村人,起草一封语气亲切和温暖的春节慰问信,然后铁笔银画、工工整整地刻写在蜡纸上,再由我们这些小学生做帮手,用粉红色纸张油印出来,好在春节来临前,分头邮寄到本村在外地当兵的现役军人、在外地工作的退伍军人,以及在外地工作的"国家干部"手中。

　　这封慰问信不仅要寄往外地,还会由小学生们敲锣打鼓地送到村里每一户军属、烈属人家里去。

　　我记得,每年的慰问信都用这样一句话开头:"某某同志:见字如面……"所有的慰问信油印好了,也装进了信封,我们就等着那位绿衣送信人来村里取走。

　　那时候,我们这些小孩经常攀爬到村口的大树上,盼着、等着那位"绿衣叔叔"到来。

　　晴天里,他骑着自行车,沿着青青的麦田旁边的小路,按着清脆的铃铛,不一会儿就飞驰到了村口。下雨天,他穿着绿色雨衣,用力推着自行车,踩着泥泞小路,一步一步走进村子。就是大雪封村的日子,他也会戴着厚厚的棉帽子,穿着高高的筒靴,踏着没膝深的积雪来到村里,雪地上是一串深深的脚印。

　　送信人一来,孩子们就像快活的小喜鹊,很快把消息传遍了全村。大人和小孩们都紧紧围拢到他那辆自行车边,看着他从车子后座的大邮包里,取出一封封远方的来信。

只要有亲人在外地的人家,谁不盼望有一封自己亲人的来信呢?有的老人接到了来信,就迫不及待地赶紧拆开,让送信人念给他听。

"你大声点念,大声点念,让大伙儿都高兴高兴!"

"敬爱的父母大人:见字如面。儿在外地,常常想念双亲……"

绿衣叔叔高声念着书信,这时候,一家的欢乐,立刻就变成了全村人的欢乐;一户人家在外地的亲人,也成了全村人在外地的亲人。

时间一长,村里头哪户人家有个儿子在哪里当兵,谁家里有个什么亲人住在哪个省份里,这位送信人心里都清清楚楚。所以,谁家又有远方来信了,哪家来了汇款单,送信人一进村口,就会准确无误地直奔那条胡同、那户人家而去。就连我们这一茬小孩,他也能一一叫出每个人的名字来。

那些年里,乡亲们要给外地的亲人邮寄一点过年过节的东西,能够拿得出手的,也无非就是几双亲手纳的结实的鞋垫,亲手做的"千层底"的棉鞋,要不就是几斤新收成的花生米,几斤刚刚晒干的红枣。花生米一定是精心挑拣出来的个头最大、最饱满的,用结实的白布袋装好缝好,然后等着送信人再来村里时,就托他带到邮电所里邮走。

那时候,我的叔叔在外地当兵,是一位海军战士,要经常乘着军舰出海远航。我最盼望的,也是叔叔从远方的来信。叔叔会在信里给我描述他们守卫的海岛的景色,还有远方的城市和海港的样子。有时,书信里还会夹着一两张相片。有一张相片是叔叔和他的几个战友站在军舰甲板上的留影,每个人都穿着蓝色横条纹海魂衫,看上去那么英俊、威武。在那个年代里,在我童年和少年时代的小村里,叔叔的每封家书和寄回的相片,都引起过我深深的钦羡和向往。我从小也记住了他们那艘军舰的名字:"高邮号"。

"寄来的花生米收到了,一颗颗饱满的花生,让我闻到了家乡丰收的气息。儿在外面,为国家守卫万里海疆,这是无限光荣的职责,万望二老不要惦念。大侄儿明年该上初中了吧?望奋发图强,继续努力,不断进步……祝愿家乡来年风调雨顺,祝愿父母大人幸福安康!"

叔叔来信里的许多话,我都牢牢记在了心里。当然,每次收到叔叔来信,我们全家人也都很感激那位送信人,那位"绿衣叔叔"。

那些年里,他还会准时给我们小学校送来最新的《中国少年报》。这是老师给我们订阅的报纸。报纸一到,我们就围在老师身边,听他朗读上面最新的故事。

不知不觉,我们这一代人都长大了。那位绿衣送信人,也一年年变得不再年轻了。

后来,村里有了电话,有了手机,远方来信也就越来越少了。那位送信人偶尔还会来村里送信。有几次,我回乡时还碰到过他,他还能准确地叫出我的名字。每次见到他,我都觉得更加亲切。但我也发现,他的额头有了皱纹,鬓角也有点灰白了。

又是很多年过去了。有一天,在省城里,路过一家邮局时,我突然看到里面有个熟悉的身影,正俯身在桌子上写着什么……

"绿衣叔叔!"我惊喜地叫着,奔了进去,"原来真的是您呀,怎么,您来省城邮局工作了吗?"

"哦,没有,没有。"他有点不好意思地笑了笑,说:"说出来,你可不要见笑,是这样,再过半个月我就要退休了。你知道,我给人们送了几十年的信,可我自己,从来也没有收到过一封信……"

看着桌子上的信纸、信封和邮票,我一下子明白了。原来,他是赶在退休前特意来到远方,要给自己写一封信、寄一封信。

"我估计着,几天之后,我在家里就能收到这封信了。不瞒你说,我老早就想体验体验,收到一封远方来信的感觉……"他一边说,一边粘好信封,贴上邮票,然后投进了绿色邮箱里。

"日子过得真快呀。转眼间你们都长大了,我也老啦,人们也不再需要送信人啦。"绿衣叔叔佝偻着背,朝我挥挥手说:"再见吧,小兄弟,我该去车站坐火车回家了。"走出了几步,他又转过身,笑笑说:"别忘了,要常回老家看看。"

那天,站在邮局门口,望着这位送信人远去的背影,我突然有了一个主意:我要邀请分散在各地我们那一茬已经长大的伙伴,每个人都写上一封书信,从不同的远方寄给我们童年时代的这位"绿衣叔叔"。

我相信,不仅是我自己,还有别的伙伴,一定会在书信开头这样写道:"亲爱的绿衣叔叔:见字如面……"

冬夜说书人

老一辈的说书人，都渐渐老去了。新一代的说书人，还会有吗？即便是还有，又将说给谁听呢？

老一辈的听书人，也渐渐地老去了。新一代的听书人，又在哪里呢？我甚至觉得，像我这个年龄的人，也许是故乡最后一茬在冬夜里听过说书的、也喜欢听说书的乡村孩子了。

现在，连我们这一茬人也都快要老去了。

故乡，年年都在变化，变得我早已辨认不出她的模样了。就算我有无尽的乡愁，又能在哪里安放它们呢。

我怀念，小时候在故乡山村漫长的冬夜里，那些走村串巷的说书人带给我们的温暖、欢乐和梦想，带给小山村和乡亲们其乐融融的祥和气氛。

那时候，一进入腊月的门儿，所有的农活儿都忙活完了，村里的大人和小孩就开始盼望着，说书人快要来了。

我还时常攀爬到村口的那棵老枣树上去瞭望。

"说书人来了！说书人来了！"

没过几天，果然就等来了盼望已久的说书人。小孩们会飞奔着把这个好消息瞬间传遍全村。

不一会儿，就看见从村外的小石桥那边，缓缓走来了一队奇怪的人儿：走在最前面的那个人，一只手用一根竹竿探着路面，另一只手里的竹竿，牵引着后面那个人，后面的人牵引着更后面的人，他们一个跟着一个，排成了一个小队……

没有错，一看他们背着的三弦琴、牛皮鼓，还有鼓板、鼓架和铺盖，就知道了，他们正是我们盼望了很久的说书人。

排在队伍最后面的那个少年，是一个年龄最小的说书人，乡亲们都叫他"瞎子小光"，他是我童年时代的好朋友。这些说书人全都是盲人。没有谁知道，他们是什么时候学会说书的，又是怎样互相认识的，然后组合在一起，走村串巷给大家说书。

一到冬天，人闲地歇，大雪封山的时候，说书人就会准时来到我们村里。说书人是最受乡亲们欢迎的人。

说书人一来，就在村头的一位孤身老人满大爷家住下了。满大爷的小屋里是那么温暖，因为炕洞里整个冬天都生着牛粪火。漫长的冬夜里，热热的土炕上，大人和小孩都喜欢挤在一起，听这些盲人说书。

鼓板一响，说书开始了。

鼓板声和笑声不断地飞出满大爷的小屋，整个小村都沉浸在快乐的气氛里。孩子们都咧着缺了门牙的嘴巴，开心地大笑着。乡亲们一张张写满艰辛和沧桑的脸上，也难得地露出了陶醉的笑容，有时候听到后半夜了还不忍离开。

小光的年龄和我一般大，也就十来岁吧。每次到来，他都穿得干干净净的，从崭新的夹袄里面露出了雪白的衣领，刚刚修剪的小分头，梳理得整整齐齐。

"小光，你什么也看不见，为什么要把自己打扮得这么干净、整齐呢？"中间休息的时候，我问小光说。

小光一边整理着衣领，一边回答说："我看不见，可是你们看得见,乡亲们都看得见。"

他整理衣领的时候,好像面对着一面明亮的镜子一样。

后来我慢慢观察到,每一位说书人,都是穿戴得那么干净和整洁,每一颗扣子都扣得整整齐齐的,每个人的衣领都洗得干干净净的。

父亲告诉我说:"他们虽然看不见任何东西,但是他们每一天都过得清清白白,他们是一些有尊严的人!"

那时候我最喜欢小光和他的师父说《烈火金钢》里"大刀英雄史更新"那一段。说这段的时候,小光给他的师父拉着胡琴。

还有《说岳》里的"朱仙镇交战"那一段。说这段的时候,小光又坐下来打起了鼓板,还不时地参与一些角色的道白。

师父说:"啊呀呀,岳云哪,要当心背后,快使动银锤吧。"小光答:"小将岳云来也。"师父接着说:"说时迟那时快,但只见岳云银锤摆动,严成方金锤使开,何元庆铁锤飞舞,狄雷双锤并举,一起一落,金光闪闪,寒气逼人。八锤大闹朱仙镇,顷刻间,杀得那金兵尸如山积,血若川流,不一会儿工夫,就看见金兀术落下马来,抱头鼠窜……"

这时候,只听见小光的鼓板打得又急又狠,再怎么想打瞌睡的小孩,也被提起了精神。

"小光,你教我学说书好不好?"

我打心眼儿里羡慕小光,我也很想做一个说书人。

"不行啊,你要上学念书的。"

"那你教我打几下鼓板好不好?"

小光笑着把我推到了那架小鼓面前。我一只手捏着鼓棒,一只手拿着鼓板,不由自主地闭上双眼,学着小光的样子,就像一个真正的盲人那样煞有其事。这个时候,在我的心目中,好像失明也是一种"本事"。我听见了自己敲出的响亮的鼓板声……

"小光,我不想上学念书了,我每天走在前面,用竹竿给你们引路好不好?"

"你傻呀!能识字念书,能看得见花呀草呀,天上的星星,身边的人,多好哪!"小光对我的想法很是不屑。

说书人在我们村住了半个多月后,又开始收拾铺盖,要离开这里去邻村了。

"小光,你们什么时候再来?"

"明年冬天!只有冬天才是农闲的时候。"

"那春天和秋天,你们在哪里?"

"春天和秋天,我和师父们也要各自回家干农活儿。"

"什么?你们什么也看不见,还会干农活儿?"

我惊奇地睁大了眼睛。那一瞬间,我觉得,小光和他的师父们,真的是一些了不起的人。

说书人靠着小小的竹竿牵引着,一个跟着一个,排成一个小队,背着他们的三弦琴、牛皮鼓和简单的铺盖,缓缓地走远了。

"小光,你记着,明年冬天一定再来。我们等着你。"我爬到村口的老枣树上大声喊道。大人和小孩,依依不舍地把他们送过了小石桥。

他们是冬夜里的说书人,是给我的童年带来过温暖和梦想的人。直到今天,我还记着父亲说过的话:他们虽然看不见任何东西,但是他们每一天都过得清清白白,他们是一些有尊严的人。

残疾的只是他们的眼睛,他们的心灵和生命却是完整和高贵的。他们精湛的手艺和敬业精神,也使我更加真切地理解了同样是一位盲人的海伦·凯勒说过的一段话:"人们经常发现,那些生活在黑暗和阴影里的人,对他们所从事的每一项事业,无不感到甜蜜。然而,我们大多数人却把生命看得太平淡了。"

现在,说书这门手艺,在中国的大部分乡村里都已经失传了,我们这代人也早已长大,不再是小孩子了。我童年时的朋友"瞎子小光",当然也早已长大了。

小光,你现在在哪里?

你还在冬夜的山村里给乡亲们说书吗?

失去的座位

——记一个梦

雨,淅淅沥沥下了一夜。

在长长的雨夜里,我戴着一顶斗笠,沿着泥泞的小路,走向我的学校。

走出家门,先要走下一个石头铺成的小坡。绕过一片青青的榆树林,就到了那栋碾屋。这是孩子们常常在雨天里聚会和捉迷藏的地方。

今夜,怎么不见了那些小伙伴呢?他们都到哪里去了?

拐过碾屋,接着往东,又要走下一个大坡。

好难走的泥泞路啊!为什么我的脚步会这么沉重?好像走了好半天了,还没有走出这条泥泞的坡路。

远远地,看见那个小卖部了。

小卖部是用全村人的一栋"家庙"改成的。所以,村里人仍然喜欢把这里叫作"家庙"。

家庙的旁边有一棵上了年岁的老杨树。

老杨树遭过好几次雷劈,又粗又高大的树干上露出好多的黑乎乎的茬口。但它是一棵坚强的、永远不死的老树。

老杨树还稳稳地站在那里。那个黑黢黢的大喜鹊窝,也稳稳地筑在高高树杈上。

从家庙旁边,拐进了一条长长的胡同。走到胡同中间,要经过七爷爷家。七爷爷家的那棵老枣树,也在。枣树枝从院子里面伸到了墙外。

走到这里,我照样要停下来,仔细观看一番,看看树枝上还有没有剩下的枣子。没有了,一颗枣子也没有了,不知什么时候被小伙伴们用竹竿打干净了。

走出这条胡同,就到了我们的学校。

我摘下斗笠,使劲甩了甩上面的雨水,轻车熟路一般走进了我们的教室。

可是,我这是多久没有来上学了?我竟然记不得自己的座位在哪里了。

满教室的同学的脸,都在朝我笑着。

每一张脸庞,都是我熟悉的,好像也都做过我的同桌。尤其是那些带着羞涩的、用刘海下的目光望着我的女生。

"哎呀,我记不得我的座位在哪里了,谁能告诉我一下?"我问道。

"这里,这里是你的座位。"一个女生站起来,指着她旁边的空座位说。

"不,这个座位是刘玉寿的。"我记得清清楚楚。

"刘玉寿不听话,偷偷去水库游泳,早就淹死了,你忘了吗?"有个男生笑着说道。

"要不就是这里?"又有人指着另一个空座位说。

"这里是王淑贤的。"我也记得清清楚楚。

"王淑贤早就不上学了,给人当媳妇去了。你还不知道吗?"

我听见了同学们嘻嘻的笑声。

我在小小的教室里找了好半天,就是找不到自己的座位。我急得满头大汗,感觉腿上越来越沉。

我只好慢慢移动到教室的最后边,站在后面的黑板前,不知所措。

这时,上课铃响了。老师踏着铃声走进了教室。

走进来的是渠士修老师。他抱着备课本、粉笔盒和一支明晃晃的教鞭。

"起立!"班长喊道。

"老师好!"同学们齐声喊道。

"同学们好!坐下吧。"渠老师示意大家坐下,然后转过身,把本来已经干净的黑板又擦了一遍。

"咦,徐延帅,你怎么站在后边?"渠老师抬起头,看见了我,叫着我读小学时用过的学名。

"老师,我……我找不到自己的座位了。"我只好嗫嚅地承认说。

"找不到自己的座位了?"渠老师笑着说,"你看看,这是几班的教室?这是小学呀,你不是已经在温泉中学上高中了吗?"

什么?我已经上高中了?可为什么要走上长长的一夜的泥泞路,重新回到自己小学的教室里呢?

我又听见了好多同学嘻嘻的笑声。

还有好多熟悉的女生,也在掩着嘴咻咻笑着。

大海与故乡

青年时代,读到诗人李钢写的组诗《蓝水兵》,我记住了下面这些峭拔的句子:一位老舰长,"他一人踱步海湾,在沙滩上坐着或者躺下,点燃那根海柳木的黑烟斗,这时我看见,一八四〇远远地燃烧";"他的胸脯像浪一样起伏,我听见了,甲午年隆隆的回声";"有一次在舷边,他喃喃自语,他说:脚下是——液体的——祖国"……

这些诗句之所以令我至今难忘,是因为在我的想象里,他笔下的大海,正是我故乡的大海,是环绕着美丽的山东半岛、回响着"甲午年隆隆的回声"的渤海与黄海。这些诗句也让我懂得,原来祖国和家乡的大海,还可以称作"液体的"祖国,或"液体的"家乡。

我的家乡即墨县(今属青岛市即墨区),是一座有着两千五百多年历史的古城。我在家乡读书时,即墨县尚属于烟台地区,1978年改属青岛市。在我心中,烟台、青岛、即墨和整个胶东半岛都是我的故乡。

烟台的海湾、海光、雾角、灯塔、雾角、炮台、旗台,是我少年时代十分熟悉的景色,还有海角、海滩、渔船、军舰、码头,四周高高的山坡、弯弯的山道、小渔村的石头墙和海草房……这一切,是故乡大地的风物与风华,也构成了我童年和少年时代的成长背景,更是我心中永远的乡愁。

没有在海湾生活过的人,也许不知道什么是"雾角"。雾角就是雾中的号角，是安装在靠近港口的悬崖上和带有发电设备的灯塔上，在起雾的天气里向过往船只发出提醒的"警笛"。因为雾气浓重的天气里，岸上灯塔射出的光带，也许穿不透厚厚的雾障，这时候还需要一种能穿透雾气的声音，来提醒和召唤来往的船只。所以，在烟雾迷茫的夜晚，当你沿着弯弯曲曲的海岸线漫步，或者是坐在海湾的岩石上，眺望着夜空下的茫茫大海。这时候，如果你侧耳细听也许会听到，或以为是听到了鲸鱼的歌声。但那不是鲸鱼的歌声，那是闪亮在某个小岛或悬崖上的灯塔上的雾角，正在发出响亮的笛声提醒过往的船只：陆地就在附近，从这里开进去就是平安的港湾和码头，但是请注意安全，小心前面的礁石……

那么海光呢？是海边常见的那些灯塔，在黄昏和黑夜里发出的导航的光束吗？其实并不是。留在我记忆中的海光，是比灯塔发出的光亮更为绚丽、也更加奇异的一种海上奇观。

有时候，在大海上行驶的船只，后面会拖着一条又长又亮、银光闪烁的光带；有时候，当皎洁的月光洒满海面，忽然间会有粼粼的波光从水中升起，升到海面时又向四周扩展、散开，仿佛有人在海面上升起了礼花和焰火；还有的时候，在星月稀疏的海夜，辽阔的海面就像沉睡的大地，万籁俱寂，却偏偏会有星星点点的海上灯火，彻夜不熄，把黑黢黢的海面点缀得如同天上的街市，让人不由得发生联想：莫非大海上也有自己的"清明上河图"？

所有这些，都是海光。长大后才知道，对海光的科学解释是：这是各种各样能发出光亮的海洋生物共同创造的一种自然奇观。小虾、乌贼和某些鱼类，甚至还有一些肉眼看不见的海洋细菌和海洋生物，都有可能是闪闪发光的成员，它们共同参与了制造绚丽和奇异的海光的行动。

除了雾角和海光,故乡的海边最引人瞩目和最明亮的标志,就是灯塔了。到烟台旅行的人,不能不到芝罘湾。傍晚的芝罘湾,景色十分美丽。漫天的晚霞,把整个海面、海岸线和附近的岛礁、山冈染成一片玫瑰色或金红色。当夕阳慢慢沉入了大海,从远方归来的船只,缓缓驶入海湾的怀抱,这时,山上的灯塔开始发出光亮,转灯不停地旋转,射出银色的、明亮而耀眼的光带,横穿夜空,让夜晚的海湾也变得清醒与活跃起来。

故乡的海滨,是祖国北方最美丽的海滨之一。漫步在故乡弯弯曲曲的海岸线上,我常常凝视那些矗立在远远近近的小岛上的灯塔。我知道,灯塔亮了,海上的渔船都该回家了。灯塔闪亮的宁静海湾就像母亲的怀抱,拥抱着傍晚时分从海上归来的孩子们。

刘公岛,是位于山东半岛最东端的一个小岛,也是镶嵌在威海海湾口上的一颗璀璨的海上宝石。我从很小的时候起,住在外祖母的小渔村里,多次听她讲过刘公和刘母的故事。

说是很久很久以前,有一队南方的商船正向北行驶。忽然,海上起了风暴,海天变成了迷茫一片。起初,船上的人一面与狂风恶浪搏斗,一面向苍天祈祷。后来,食物和淡水渐渐耗尽,船上的人们也精疲力竭了,几乎已经绝望了。

一天夜里,有人突然发现,前方似乎有一星火光在闪动,就像一颗从遥远的天际渐渐移动而来的星星。"啊,有救了!我们有救了!"仅剩的一丝求生的欲望,让船队的人顿时欣喜若狂,挣扎着爬起来,拼命地向前划着船。

火光越来越亮,越来越清晰。终于,他们看清了,前面是一座小岛,在小岛峻峭的海岬上,有一位白发苍苍的老人正在狂风中艰难地摇动着一支火把……

火把招引着这条船，渐渐靠近了海岸。这时，那位白发银须的老人，举着火把急急忙忙地赶过来，一次次把倒在海滩上的人背起来，背进自己在海边的石头小屋里。小屋的顶上盖着厚厚的海草。老人让他的老伴儿赶紧生起火，给获救的船民们送上了热气腾腾的姜汤、面条和玉米饼子。全船队的人在两位老人的悉心照料下，渐渐恢复了体力。风暴过去之后，大海上又变得风平浪静，商船重新起航出发了。

后来，每当夜里起了风暴，这位白发银须的老人总会高高地举着一支火把，站在那个峭崖上，为海上的航船当向导。只要有迷途或遇险的船民，总会受到两位老人不求任何回报的周济和帮助。

一传十、十传百，没过多久，生活在山东半岛的当地渔民，在海上远航、途经这里的水手与船队，都知道了这个故事。人们尊称这两位乐善好施的老人为刘公、刘母，也把矗立在威海湾口的这座小岛称为刘公岛。人们为了纪念这两位善良的老人，又在这座岛上建造了祠庙，还为刘公、刘母分别造了塑像，供奉在庙内。从此，南来北往的船商和游人，只要来到了刘公岛边，必会登岸前来瞻仰祭拜一番。

今天，凡是来到烟台、蓬莱、威海一带海湾观光游览的人们，大多也会慕名前往刘公岛一游，不为别的，也许只是为了向善良的刘公、刘母献上心中的一份敬意。

在刘公岛南岸的那块峻峭的、突出来伸向大海的海蚀岩上，还矗立着一尊再现刘公当年在暴风雨之夜，高举着火把，为遇难的船队指引着航向的塑像。巨大的峭崖上，年老的刘公，倔强而坚定地半跪在岩石上，年迈的躯体肌肉紧绷，右手攀紧岩石，左手高擎火把。饱经风霜的面孔，正在吃力地歪向右侧，好避开那迎面袭来的狂风巨浪。他手中的火把在熊熊燃烧，仿佛要照穿茫茫的、浓重的黑夜，给海上的人们送上希望和光明。

从少年时代直到今天，我曾多次登上刘公岛，瞻仰过这尊动人的塑像。每次站在塑像前，心里都会生出一种由衷的敬意。我甚至觉得，这位半跪在峭崖上高举火把的老人，就是善良、无私的崇高美德的化身，是坚强不屈、勇往直前的伟大意志的象征。高擎在老人手上的火把，与海边的那些高高的、永不熄灭的灯塔一样，不仅显示了故乡壮阔、美丽的风貌和情怀，它们也像海湾的灵魂，是人们怀抱着希望和光明，勇敢地面向海洋、迈向海洋的力量与信念的象征。

记得外祖母在世时，我每次回到故乡，都会沿着渔村旁的海岸漫步，欣赏海上的落日。有时也搀扶着白发苍苍的外祖母，一起眺望晚霞和潮汐中的大海。我从没见过外祖父，但我多次在脑海里想象过外祖父的形象。那该是胶东半岛一带最强壮的渔村汉子，他们海里出生，海上生长。他们每天迎着东方的日出走向大海，像真正的水手搏击在惊涛骇浪之上。

但是，跟千百年来的祖祖辈辈一样，不是每个打鱼人都能够在每天的傍晚平安归来的，尤其是在大海变幻无常的季节。就是在一次谁也不曾料到的突起的海上暴风里，我的外祖父和同船的十多个弟兄一起遇难了。外祖母和孩子们站在海边等了多日，听见的只是汹涌不止的风吼海啸和阵阵海鸟凄厉的鸣叫。她们再也没有看到自己的亲人那缓缓驶近的桅杆和帆影……不难想象，那些强壮的、从来不肯向大海低头的胶东汉子们，他们肯定是拼尽最后的气力搏斗过、呼喊过。他们甚至在生命最后的一刻，必定也想到了站在海边、等待他们平安归来的妻儿老小。但大海是无情的，他们活生生地被吞没了，留下来的便是几代人的悲伤与思念。

很多年之后，我在巴乌斯托夫斯基的《金蔷薇》里，读到了那蠹立在冬日渔村近旁的、刻在巨大花岗岩石头上的一行古老的碑铭："纪念那所有死在海上和将要死在海上的人们。"这行题词是那样醒目,使每一位从陆地走近大海的人都能够望见。有一位作家,从中读出了一种人类劳动和人类顽强精神的悲壮的召唤。他说:"忧伤吗?不,恰恰相反,这行题词对于我们应该有着这样的意义——纪念那些征服了海和即将征服海的人。"

这个情节,曾让我立刻联想到了自己的故乡,想到了故乡的海湾、渔村、雾角、灯塔,想到刘公高举火把的故事,想到我的外祖父、外祖母。我还想到,多少年来,我的白发苍苍的外祖母,以及所有像外祖母一样坚强地活下来、守望在海边的老人,当他们像塑像一样挺立在苍茫的大海边,面向起伏不息的波涛,而他们的背后,站立着一代又一代手握双桨的子子孙孙……他们,不也是我心中的一尊尊更为悲壮动人的、活着的"海魂"吗?

一百多年前,曾有一个小女孩,经常由父亲带着,漫步在烟台芝罘湾海湾,观看大海上的落日。当夕阳慢慢地沉入了大海,漫天的霞光渐渐消散的时候,芝罘岛上的灯塔开始一闪一闪地发出耀眼的亮光。

"烟台是我们的。还有美丽的威海卫、大连、青岛……也都是我们的。将来终有一天,北方的这些美丽的半岛和海湾,都会回到祖国的怀抱,都会回到我们自己的手中。"望着远处的灯塔,这位身为海军军官的父亲喃喃地说道。

威海卫是英国人的,大连湾是日本人的,青岛是德国人的。所以,这个小女孩长大后回忆说,当年父亲和她说过的那么多的话语里,让她记得最牢、印象最深的,就是"烟台是我们的"这句话。父亲的话像一粒粒种子,播撒在了她的心田里,使她慢慢懂得了什么是祖国的尊严，什么是军人的荣誉、勇敢与使命；中华民族的每一寸疆土，都是神圣不可侵犯的。

这个小女孩，就是现代文学家、诗人冰心。冰心从小跟着父母亲来到烟台，童年时光里有八年是在离海军训练营不远的大海边度过的，有一段时间，也在烟台东山北坡上的一座海军医院里住过。

坐在面朝大海的山坡上，每天都能看见湛蓝湛蓝的大海，看见缓缓地行驶在海面上的帆影，听见海鸥在浪花间高声歌唱……大海成了冰心童年时最美好的记忆之一，也成了她后来的作品里一个永恒的、永不厌倦的主题。

今天，漫步在美丽的故乡的海滨，徜徉在故乡长长的海岸线上，眺望着黄昏时分远远近近的小岛上的闪亮的灯塔，并且想象着，起雾的夜晚，小岛上还会响起一声声亲切的雾角。万籁俱寂的夜晚，平静的大海上还会闪烁着绚丽的海光……这时候，我也不禁想起了冰心在《繁星》里写到的她对大海的依恋与赞美："大海啊，哪一颗星没有光？哪一朵花没有香？哪一次我的思潮里，没有你波涛的清响？"

冰心心中的大海，也是我故乡的大海，是收藏着"甲午年隆隆的回声"的大海；是我美丽的胶东半岛，是我苍蓝色的渤海湾、胶州湾，是我波光闪耀的故乡。

梅花礼赞

中华有节,风雅古今。勤劳智慧的中华民族,从自然规律和四季农事中总结出来的二十四节气,早已融入我们的日常生活,成为中国人家喻户晓、生生不息的文化传统之一。

二十四番花信风,跟二十四节气一样,也是古代先贤和劳动人民从自然与物候的变化中,发现和总结出来的一套美丽的、约定俗成的"自然定律"。今天,我们在一些书本上还会时常看到这样一句话:"二十四番花信风轮番吹过",但很多人未必知晓,究竟什么是"花信风"。

花信风,是指迎合着不同节气里的花期而吹来的春风。花信风也跟二十四节气密切相关。智慧的中国古人根据不同的气候,不仅把一年分为四个季节、十二个月份,还更细致、更具体地以五日为一"候",每三"候"作为一个节气,把一年分为二十四个节气。每年冬去春来,从小寒到谷雨,在属于春天的八个节气里,共有二十四"候",每一"候"里都有一种代表性的花卉绽放盛开,于是就有了"二十四番花信风"的说法。二十四番花信风,以梅花为最先,楝花为最后。等到二十四番花信风轮番吹过之后,以立夏为起点的夏季才宣告来临。

中华儿女,炎黄子孙,有谁不喜爱梅花呢?梅花最早产于我国,属中国十大名花之首,也是我们真正的"国花"。梅花不畏严寒、凌雪吐艳,"俏也不争春,只把春来报"的品格与风骨,历来被视为中华民族坚忍不拔、自强不息和坚贞崇高的民族精神的象征。中国历代咏赞梅花的诗歌,更是连篇累牍、浩如烟海。这也正好证明了一代代中华儿女对梅花的尊崇与喜爱。

毛泽东的一首《卜算子·咏梅》在众多的咏梅诗词中独步千秋:"风雨送春归,飞雪迎春到。已是悬崖百丈冰,犹有花枝俏。俏也不争春,只把春来报。待到山花烂漫时,她在丛中笑。"清新而峭拔的词句,尽显出傲霜斗雪、坚贞而高洁的红梅品格。这首咏梅词,也呈现了蔚然一派的革命浪漫主义词风。

梅花生性耐寒,生命力坚韧顽强。所以,梅花与青松、翠竹一起,也是中国人心目中的"岁寒三友"。大雪纷飞的隆冬时节,大地还在冰封期,百花尚在沉睡中,铮铮铁骨般的梅枝之上,已经怒放出娇艳的花蕊。踏雪寻梅,也是历代文人墨客心仪的风雅意境。

梅花只为"报春"而不为"争春"才盛开,所以她的花色并不绚烂和纷乱。常见的梅花除了红梅、白梅,还有墨红、粉红等花色。梅花盛开时,梅树的叶子都还没有萌发,她在风雪之中绽放出一朵朵散发着幽香的五瓣小花,有如捧出瓣瓣心香,给人间送来早春的消息。

如果仔细观察,就会发现,梅花的花瓣有单瓣的,也有重瓣的。而梅树的年龄,可以历经千年风雪而屹立不倒。树龄越长的梅树,铁骨般的枝干就越加苍劲挺拔,看上去就像历尽风霜苦寒的老人。

杭州超山,被誉为中国赏梅的胜地。超山有一棵古老的梅树,有逾千年的树龄了,被确定为"宋梅"甚至是"唐梅";在湖北黄梅城南的蔡山,人们发现了一棵老梅树,被称为"晋梅",迄今已有一千六百多年的树龄了,可谓历尽沧桑而痴心不改,如今一到隆冬时节,满树老枝之上依然是梅花朵朵,傲雪怒放。似这样"深藏功名"、隐身远山僻壤的老梅树,真如古诗词里所咏赞的,"冰雪林中著此身……散作乾坤万里春"，不能不令人更加肃然起敬。

梅花对温度极其敏感。一些早梅品种，一般会在每年农历春节前后迎来集中盛放期。所以，红梅迎春符合梅花的自然品性。

不过，也有不少踏雪寻梅、赏梅迎春的人，常常把金色的蜡梅也当作梅花的一种，这是不对的。虽然蜡梅也能傲霜斗雪，而且和梅花差不多在同一个时间段盛开，但蜡梅与梅花并没有"亲缘"关系。南宋诗人范成大在他写的《梅谱》里，就明确指出过，蜡梅不属于梅花类，只是因为蜡梅与梅同时开放，香气又相近，所以蜡梅名字里也占了一个"梅"字。

从植物学上讲，梅花是蔷薇科杏属植物，蜡梅则是蜡梅科蜡梅属植物。我国的野生蜡梅很少，属于珍稀植物品种。花卉植物学家常常在深山老林里寻觅野生蜡梅的"仙踪"。目前，植物学家只在湖北西部的神农架地区寻找到了一片野生蜡梅林。这片野生蜡梅已被列为国家级重点保护植物。

武汉人热爱梅花，由来已久。唐朝大诗人李白写过一首《与史郎中钦听黄鹤楼上吹笛》："一为迁客去长沙，西望长安不见家。黄鹤楼中吹玉笛，江城五月落梅花。"全诗虽然并非是在咏赞梅花，而只是借一阕古笛名曲《梅花落》（即"梅花落"）作比酬赠，但可爱的武汉市民也常常以"江城五月落梅花"这句诗引以为豪，可谓家喻户晓。梅花当之无愧地被选为江城武汉的市花。武汉人爱梅的热情、赏梅的雅趣从此更加高涨。踏雪寻梅，东湖赏梅，几乎成了武汉人日常文化生活的新民俗之一。

外地的朋友和不少武汉本地人可能有所不知，目前，武汉境内已有107座公园，皆可以寻梅赏梅，其中拥有百棵以上的梅花林共有34处。有关部门和热心的志愿者们，早就为武汉市民和外地来的朋友绘制出了各种寻梅赏梅主题的打卡路线图。

比如,东湖梅园,是中心城区规模最大的赏梅胜地,园内种植有三百六十多个品种、两万多棵梅树,是武汉市民和外地游客在春节前后赏梅的最佳去处。再如黄陂区花乡茶谷,是一处新晋的赏梅打卡地,三百多个品种、两万多株梅花,沿着山谷自然生长。踏雪寻梅,幽香沁人;盛花时节,赏梅者更是摩肩接踵,前呼后唤。

武汉三镇上除了可以寻梅赏梅的公园,近些年来又增添了不少"梅花街道"。如武昌区白鹭街、公正路沿线两侧的绿化带,种植有美人梅、朱砂梅等;江岸区中山大道下延线的中分带上,种植有 142 株美人梅;东西湖区环湖路侧分带上,种植了近二百株红梅,绵延近千米……这些"梅花街道",总是在每年春节前后"第一时间"把早春的消息送到了市民们的家门口。有的市民甚至每天在户外散步时,就能从容欣赏到不同品种和花色的梅花,真正享受到了与市花朝夕相伴"坐看梅花一万枝"的胜景与佳趣。

有道是"虚心竹有低头叶,傲骨梅无仰面花",梅花寒枝傲骨,疏影暗香,欲传早春消息,何惧风雪千里。有一首脍炙人口的京歌《我是中国人》,词与曲都写得甚好:"我是中国人……家有诗书如沧海,铁打的双肩两昆仑。""我是中国人,梅花品德日月魂……自信生来有傲骨,不在人前矮三分。"梅花坚贞而高洁的品德,与中华民族伟大的精神品质如影随形、神魂相契。

我爱梅花。我愿把心中的崇仰与礼赞,献给如铮铮寒梅一样,拥有坚忍不拔、高洁无私的崇高情操的中华儿女,献给我们这个日征月迈、生生不息的伟大民族。

春的礼赞

一年四季，二十四番花信风轮番吹过。

花信风，是指迎合着不同节气里的花期而吹来的风。中国古代智慧的先贤们根据不同的气候，不仅把一年分为四个季节、十二个月份，还更细致、更具体地以五日为一"候"，每三"候"作为一个节气，把一年分为二十四个节气。每年冬去春来，从小寒到谷雨，在属于春天的八个节气里，共有二十四"候"，每一"候"里都有一种代表性的花卉绽放盛开，于是就有了二十四番花信风的说法。

春天是殷勤的。她以殷勤的布谷鸟的歌唱，一声声唤醒大地上所有的生命，唤醒勤劳的人们去播种新的希望、新的梦想，唤醒所有沉睡的小草和花朵绽开笑脸，唤醒满山满谷的野樱花和火红的杜鹃花迎风开放，唤来那明媚而朗润的人间四月天。

春天是慷慨的。她给大地万物送来丰沛的雨水和温暖的南风，并且竭尽全力地把大地装点得花团锦簇、分外妖娆。她让一切梦想都在温润的泥土下萌芽，让所有能生长的都开始生长，甚至让所有错过季节的种子，也在沙沙的细雨中重新获得萌发的机缘。

春天也是宝贵的。从立春到雨水，从惊蛰到春分，直到清明和谷雨来临，春天沿循着她的每一个温润的节气，把丰沛的雨水洒到了辽阔的大地之上。当温暖的春光普照着大地上的每一片田野，有多少新的生命和新的希望，都在等待着耕耘、播撒、萌芽、出土、拔节、扬花、抽穗、灌浆，直至成熟和收获的季节。

诗人们说，春天不是骑马奔下山冈，而是赤脚涉过春溪步行而来，就像一个微笑着走向田埂、井台或池塘边的牧鹅姑娘。散文家普里什文写过一篇只有一句话的散文《花溪》："在那些春水奔腾过的地方，如今到处是鲜花的洪流。"我从另一位散文家巴乌斯托夫斯基的《面向秋野》里，又为这篇小散文找到了一个补充性的注释："即使只有荒野的沼泽是你胜利的见证，那么它们也会变得百花盛开，异常美丽，而春天也将永远活在你的心中。"

"阳春布德泽，万物生光辉。"当春天来临，如果不去田野上看一看春天的丰姿，与大地同享欢乐，那实在是对大好的春光有些怠慢了。

这个时候，我们也不妨学一学那春天的绿草。默默的小草总是那么眷恋着春天，拥抱着大地。它们在漫长的冬天里苦苦地等待过春天，也在无数个长夜里呼唤过细雨、微风，呼唤过花朵、绿叶和歌声。然后，它们以自己的寸草之心，感恩大地，以自己微薄的绿意回报大地母亲。是啊，谁能窥见一株小草埋藏在心中的朴素的秘密，似乎也可以窥见人类精神世界的细微之所在。

这个时候，我们也不妨学一学那殷勤的布谷鸟，用自己的殷勤去唤醒沉睡的花草树木和满山的红杜鹃；学一学温暖和慷慨的春天吧！你给山野大地留下美丽的雨水、阳光和种子，山野大地就报以你山花烂漫和五谷丰登。

大自然是一位神奇的"魔术师"，他不仅创造了春、夏、秋、冬四个美丽的季节，还赋予了每个季节各自不同的景色与特征：春有繁花，夏有清风，秋有硕果，冬有飞雪。自古以来，人们又根据每个季节的气候特征来合理地安排农事：春播、夏长、秋收、冬藏。

春花烂漫。爱花,是中华民族的传统美德之一。古代的人们甚至还想象到,所有的花儿有一个共同的生日,这便是旧俗中的二月十二日"花朝节",又称"百花生日"。以崇尚性灵闻名的清代诗人袁枚,写过一首《二月十二花朝》:"红梨初绽柳初娇,二月春寒雪尚飘。除却女儿谁记得,百花生日是今朝。"

江南地区的一些"竹枝词"和"岁时记"里也记载过,在这个富有诗意的花朝节里,人们自然要庆贺一番,或是妇女头戴蓬叶,或是士庶游玩于乡间田野。特别是在山水明秀的江南一带,人们在这一天会用彩绸或五彩纸剪成一面面小旗子,称为"花幡",挂在花卉、树木上,以此为百花"祝寿"。

唐时的长安,一到春天,有着万人空巷般的赏花、游春的风气。唐代诗人杨巨源写过一首《城东早春》:"诗家清景在新春,绿柳才黄半未匀。若待上林花似锦,出门俱是看花人。"崔护的《题都城南庄》:"去年今日此门中,人面桃花相映红。人面不知何处去,桃花依旧笑春风。"诗歌背后的凄美故事,一定也与游春赏花有关。

二十四番花信风,无论是水仙、梅花、桃花、李花、梨花、山茶花,还是迎春、海棠、杏花、蔷薇、牡丹、芍药、辛夷……我相信,正如同百花对于它们赖以生存的泥土与空气的热爱一样,我们对于这些或娇艳、或文静、或热烈、或雍容华贵、或朴素高洁、或喜欢凌波、或天性耐寒,各自蕴涵着不同性情与气质的鲜花,不是也会更加亲近、了解和热爱它们吗?写过《花城》的散文家秦牧先生说过:对着那些花团锦簇,我们从看到的花想到没看见的花,从知名的想到无名的,看它们都在浅笑低语似的,它们都像是眨着眼睛在启发着人们说:"再猜猜吧,瞧,我们为什么会这样美呢?"

颇为可惜的是,今天,花朝节这个富有诗意和文化趣味的春天的节日,已经被人们忘却了,甚至几乎失传。花朝节不仅仅是一个花的节日,也是一个文化节,一个用鲜花装饰的"美育节"。

四季之中,只有一个春天,正如人生只有一次童年。如果说,春天也有什么缺点,那就是:春天永远是短暂的。春光匆匆,就像桃花、樱花、杏花的绚丽而易逝。也因此,像"桃李春风一杯酒,江湖夜雨十年灯""客子光阴诗卷里,杏花消息雨声中"……这样一些咏叹春天的诗句,我总觉得,其中有着深长的惜春意味。

那么,热爱春天、热爱生活和生命的人们,请珍惜这美丽的大好春光。请记住诗人们殷勤的叮咛:"抓住!抓住那逝水年华……"要知道,人生的童年只有一次,生命的花期也只有一次。

夏日遐思

　　诗人普希金不喜欢春天。他说,春天的泥泞和解冻的天气令他难耐,仿佛"情感和思想被愁闷遮掩"。他也不太喜欢夏天,他觉得,夏天的炎热和蚊蝇折磨着人们,"我们像田地,苦于旱情"。而冬天,也常常会使他厌倦,尤其是俄罗斯的冬天,大雪几乎"一下就半年不停",人们仿佛变成了"习惯于穴居的熊"。所以,普希金最喜欢的季节是秋天,只有在秋天里,他才神采焕发、激情喷薄,"手急于要找到笔,笔急于要找到纸",秋天使他的灵感和诗句"源源不断,流淌不息"。因此,他在创作生涯中留下了一个极其特殊的、被后人命名为"波尔金诺之秋"的"丰收季"。

　　但也有一些诗人对夏天情有独钟。诗人默温在诗中回忆:"我踏上了山中落叶缤纷的小路,我渐渐看不清了,然后我消失。群峰之上正是夏天。"诗人彭斯这样歌唱:"我爱的人像一朵红红的玫瑰,在六月里迎风绽放。"在他看来,金色的暑火就像夏日里耀眼的花朵,盛开在远处的山坡,也在水晶般的溪流上飘荡、嬉戏和闪烁。

　　南宋词人辛弃疾在贬居江西信州(今上饶市)的日子里,有不少脍炙人口的词作,抒写的都是吴楚夏日乡居生活的情景。比如《清平乐·村居》:"茅檐低小,溪上青青草。醉里吴音相媚好,白发谁家翁媪。大儿锄豆溪东,中儿正织鸡笼。最喜小儿无赖,溪头卧剥莲蓬。"还有《西江月·夜行黄沙道中》:"明月别枝惊鹊,清风半夜鸣蝉。稻花香里说丰年,听取蛙声一片。七八个星天外,两三点雨山前。旧时茅店社林边,路转溪桥忽见。"乡村夏日的自然景象和生活细节,被捕捉和描写得何其准确而生动。

七月流火,夏蝉高歌。夏日是草木蓬勃生长的季节,田野有无边的翠绿,山岭有无垠的青黛色。夏日是热烈而奔放的季节,白昼有阳光灿烂,夜晚有萤火飞舞、群星闪烁。当代诗人雷抒雁写过一组《夏天的小诗》,写夏天大雷雨将至:"夏天是强盛的/刚进入它的疆界/就听见隆隆车马/奔驰在夜的长街";写夏日里富足的雨水:"五月的雨滴/像熟透了葡萄/一颗、一颗/落进大地的怀里/这是酿造的季节啊/到处是蜜的气息/到处是酒的气息。"诗中的比喻,意象新鲜,瞬间把人带进雷雨洗过的夏天里。

在我的记忆里,也有过许多难忘的夏天。是一些悠扬的蝉歌、火红的石榴花和闪亮的雷雨之夜相互交织和映衬的夏天;是一些独自走过雨后山间,但见彩虹高挂、万木葱茏、群峰之上正是夏天的时刻。

犹记得一个夏天,石榴飘香的时节,我在家乡的半岛上漫游。从一个小小的火车站,踏上一辆缓慢的绿皮火车,一声汽笛到海边,一片片翠绿色的玉米地和西瓜田在旋转,好像在旋转着秀美的身子让我观看。车过蓝村,我蹲在路边,捧起一只翠绿的西瓜轻轻一拍,我听见,整个夏天存留的雨声,那么充足,那么饱满。

我还想起,妈妈给我的一盏点亮在遥远的风雨之夜的小小瓜灯。橘红色的灯光,照过我童年的几多朦胧、几许期盼。最寂寞的日子,最孤独的日子,连同最饥饿的日子,都因为瓜灯温暖的光亮,而变得温暖和生动。

我还想起,夏日的大风雨中,曾经有过一个小小的像孤岛一样的瓜棚。它曾经像兄弟一样,为我艰辛的童年,遮挡出一小片平安和晴朗的天空。我和邻家的小姑娘,也曾经坐在那里数过天上的星星,遥看天际和海光,隐隐听见远处的大海,在涌动着不息的潮声……

我还想起,夏日的夜晚,在金色的、散发着新麦秸气息的草垛边和谷场上,在清风习习的老磨坊边和胡同口,我和青梅竹马的伙伴们自得其乐地做过的那些村童游戏。有一个游戏叫"摸拐子",也叫"瞎子摸象"。伙伴们先是站在一起,以同时伸出手心或手背的方式,选出"瞎子"。如果谁在伸手心或手背时和大家不一样,谁就输了。大家用手绢或衣服把他眼睛蒙住,让他当"瞎子"。等"瞎子"在原地转上几圈、转晕了后,大家就悄悄地四散跑开躲藏起来。藏好的小伙伴可以大声逗弄他:"我在这里,我在这里!"被蒙住眼睛的小伙伴开始循着声音去"摸拐子"。一旦谁被摸到了,谁就充当"瞎子",游戏继续。谷场上,草垛间,月光如水;四周的田野和池塘边,蛙鼓声声,流萤飞舞。摸拐子的游戏,给我们的小小村童们带来了多少欢乐的记忆啊!而当夏日消逝、童年远去、青梅竹马的伙伴星散各方的今天,重新回忆起昔日的情景,我的心里有几丝甜蜜,也有几丝伤逝和苦涩。多想再求他们来玩上一次"摸拐子",玩上一次捉迷藏,藏进草垛间,藏进仲夏夜。我心想,如果真的还能再来一次"摸拐子",那么,这一次,请你们放心,我情愿被你们牢牢捉住,决不逃脱。

还有一个夏日游戏叫"割豆腐"。其实,游戏和豆腐没有半点关系,不知道为什么有这个名称。后来我仔细想了想,大概是因为做这个游戏时,用草茎劈出来的形状,和豆腐块的形状有点相似吧。这其实是一种斗草游戏。夏日斗草,是中国古代常见的一种村童游戏。不难想象,小小村童们跟他们的祖辈父辈一样,生存艰辛,生活也单调,空闲时往往"就地取材",用斗虫、斗草或者是斗手劲儿、腿劲儿、头劲儿的方式来互相娱乐,后来渐渐演变成了一些游戏。"青枝满地花狼藉,知是儿孙斗草来。"宋代诗人范成大这两句诗,描写的就是村童玩斗草游戏的情景。我小时候也和小伙伴们玩过斗草游戏。夏季的野草长得茂盛、也长出"韧劲"了,我们去田野割草、剜野菜时,就会一起玩起"斗草"。夏日的野草,也给我们的童年带来了想象和乐趣。"割豆腐"的方法很简单:找一根细长的三棱草草茎,两个小伙伴各执一头,同时劈成两半,到中心点后,交换一股,再向两边撕拉。如果劈成了 H 形,预示将来会生小男孩;如果劈成了◇形(也就是豆腐形状),预示会生小女孩;如果什么形状也没劈成,预示男孩女孩都没有。这种游戏不需用力,只需小心翼翼,带一点占卜的性质。据说"割豆腐"游戏和古代人偶尔会用青草"占卜"有关。

我想,今天的孩子们再玩这个游戏,是可以帮助小朋友多认识一些花草,引起对绿色大自然的兴趣和热爱的。我的同事、著名历史小说家熊召政先生曾跟我讲过,他童年时在大别山下的英山乡村,经常和一些大人或小伙伴玩一种"斗韵"游戏,就是你一句、我一句说出既能对仗又能押韵的"对句",就像"笠翁对韵"里对句那样:"天对地,雨对风。大陆对长空。山花对海树,赤日对苍穹。雷隐隐,雾蒙蒙。日下对天中。风高秋月白,雨霁晚霞红。牛女二星河左右,参商两曜斗西东……"这种村童游戏显然比"斗草"更为"高级"和有趣。

夏日里,我也会想起小时候吹过的金色麦笛。夏季是麦子成熟的季节,乡亲们也把夏季叫麦收季节。成熟的麦子高挺着金黄色的麦穗。这时候,只要折下一根小小的麦管,连带一片金色的叶子,就能做成一支小小的麦笛。麦笛是一支朴素和清远的村歌,带着清新的草香,带着泥土的气息,带着田野的晴朗、清亮和辽阔,也带着乡村小孩的纯朴和野性。麦笛声声,爷爷吹过,爸爸吹过,哥哥吹过,我也吹过。吹出了耕种的艰辛,吹散了劳作的疲惫,吹出了丰收在望的喜悦,也吹出了我们那一代小小村童的寂寞、梦想和快乐……

说到金色的麦秆,我又不能不想到家乡夏季里常见的用麦秸编织的草扇。夏至一到,酷热的三伏天开始了。小时候在乡村生活,那时没有电扇,更没有空调,夏天里不能缺少的纳凉和驱蚊用具,就是大蒲扇。常见的大蒲扇有两种。一种是"芭蕉扇",说是"芭蕉扇",其实并不准确。芭蕉的叶子太狭长,而且太薄,是做不成扇子的。准确地说就是蒲扇,或蒲葵扇。蒲葵和芭蕉是两种植物,一些诗人在诗词里往往都把这种扇子说成是"蕉扇",估计也不准确,因为蕉叶做不成扇子。人们之所以爱称蒲扇为芭蕉扇,大概与《西游记》里那把法力高强、可以扇灭火焰山的芭蕉扇的来历有关。我们小时候常用的另一种蒲扇,就是一种用白白亮亮的麦秸编成的麦秸扇。许多老人、婶婶和姐姐们都会做,而且形态各异、花纹多样、厚薄适中,很是精巧,是可以当作民间工艺品来欣赏的。可惜的是,现在家乡的村庄里,已经很少有人使用这种麦秸草扇了。时代进步了,各种电扇和空调早已代替了蒲扇和麦秸草扇。

我最早听到的牛郎织女、花木兰替父从军、灯花姑娘等民间故事,都是老祖母缓缓地摇着洁白的麦秸扇"挥摇出来"的。炎热的夏夜里,或坐在浮漾着槐花香的天井里,或坐在萤火虫飞舞的谷场上和井台边,一边数着满天星星,一边享受老祖母用大蒲扇为我们扇凉赶蚊和听故事的情景,是我心中永远挥之不去的美丽乡愁。

此刻,坐在一阵骤雨过后的晴朗的窗前,我看见,在那彩虹升起的山谷间,在那青黛色的群峰之上,是一个被雨水洗得亮晶晶的夏天。多想在夏日里走过故乡青翠的山野,再听听一片潮水般足以把整个田野给抬起来的蝈蝈叫；多想在夏日里走过故乡的村庄，再听听小树林里此起彼伏的、如雨的蝉歌。而我，还会是那个扛着长长的粘知了壳的竹竿，仰望着每一棵高高的树干，只为了在一个暑假凑足几毛钱，好去买几本格子本、买一个新笔盒的乡村小孩吗？

故乡秋色

　　念高中时学过一篇课文《秋色赋》,作者是从我的家乡胶东半岛走出去的、参加过抗日战争和解放战争的老作家峻青(本名孙俊卿)先生。许多年后,我和孙老有了交往,承蒙他老人家爱护和提携,曾题签赠我《秋色赋》《雄关赋》等散文集。这些书,书页间凝结和保存着我对家乡的这位革命前辈的敬仰与感念,如今已成为我的珍藏。

　　四十多年前,读《秋色赋》获得的一些印象、记住的一些句子,至今难忘。比如作者说:"我真不明白,为什么欧阳修作《秋声赋》时,把秋天描写得那么肃杀可怕,凄凉阴沉? 在我看来,花木灿烂的春天固然可爱,然而,瓜果遍地的秋色却更加使人欣喜。"

　　战士自有战士的情怀。在这位革命的浪漫主义作家眼里,"秋天,比春天更富有欣欣向荣的景象。秋天,比春天更富有灿烂绚丽的色彩。"这种感受,岂是见落叶而兴叹、习惯于悲秋伤怀的古代骚人迁客所能类比? 所以,峻青先生用一支健笔所抒写和抒发的是这样的秋色与情怀:"我喜欢这绚丽灿烂的秋色,因为它表示着成熟、昌盛和繁荣,也意味着愉快、欢乐和富强。"

　　我的少年时代是在胶东半岛的小山村度过的,除了寒暑假,几乎每天都要翻山越岭,奔走在通往温泉镇上的一所中学的山路上。记得刚上高一那年,学校教室不够用,暂时在小镇附近一个名叫东夼的小山村里,借了几间简易的房子作为临时教室。我们这届高中生,就在这个贫寒的小山村里上了一个学期的课。

这个小山村,给我的印象是村里村外全是石头,房子、围墙、窄窄的小街,全是用大大小小石头垒起和铺砌的。村里有好几座碾房,还有几盘露天石碾。

从我家到东夼村,每天要走上一个多小时的山路。我在东夼村念书的这个学期,正是一年里的秋季和冬季。虽然是在贫寒的年月,甚至经常处在饥饿的状态里,但是,一颗颗敏感的少年的心,仍然在满怀好奇地感知着周围的一切。正在发育和成长的少年身躯上,好像到处都开着洞,以利于外面的风声和阳光可以吸收进去。

一到深秋时节,弯弯的山道两边,所有的草木都被晒染得金黄和通红。秋天的阳光也是通透明亮的。榛树、枫树、柞树和野樱树、野板栗树、野柿子树,还有各种叫不出名字的矮小灌木的叶子,都在秋阳下变成了透明的琥珀色、深红色和金黄色。那些丛生而多棘的野酸枣树上,结满了通红的、玛瑙一般的酸枣;那些被阳光晒得干透的芒草和茅草,在风中默默吹奏着自己的歌,好像在用不折不弯的身姿和风骨,向秋天宣告着生命的坚忍与顽强。

这些草秆笔直而粗壮的芒草,可以长到比人身还高,老家就称为"山草"。到了深秋时节,山草的草秆和叶子都会变得通红。乡亲们把成熟的山草收割回来,成捆地堆放起来,可以用作搭盖屋顶的材料。

阳光煦暖、安安静静的中午时分,走在色彩斑斓的山路上,我经常有点流连忘返。去路边的石堰下采摘酸枣的时候,有时还会惊飞一些惬意地躺在阳光下,正在摊开翅膀晒羽毛的小山鹑……

野菊盛开,草木尽染;大雁高飞,漫山红遍。这是故乡家山的秋天留给我的美好记忆。从那时候起,我就对家乡山冈上的秋色有着具体的感知,也产生了深深的爱恋。我甚至觉得,用任何文字,都无法准确描绘和传达出故乡秋色留给我的那种细微的感觉。

"人生识字忧患始"。长大后，读到了许多吟咏故国之秋、重阳登高的诗句，也随着自己的生活阅历日渐深远，方才渐渐体会到，菊花黄、草木染、雁南飞的重阳时节，竟是最易引起每个中国人的乡思、乡愁和乡恋的一个节日。

中国传统的重阳节里，有佩插茱萸、饮菊花酒、登高望远等风雅习俗。细究起来，其中的每一个习俗，都是独特的中国故事。

茱萸，又叫越椒、山茱萸、食茱萸或吴茱萸，属于茴香科的一种落叶小乔木。茱萸树可以长到半人高，春天里开紫红色的小花朵，秋天结出枣红色的小果实，由黄变紫。屈原在《离骚》里写到了它："椒专佞以慢慆兮，椴又欲充夫佩帏。"这里的"椴"，就是茱萸。在古人眼里，茱萸是香草和香料，也是药材，《本草纲目》里记载："吴茱、食茱乃一类二种。茱萸取吴地者入药，故名吴茱萸。"曹植的诗《浮萍篇》里有句："茱萸自有芳，不若桂与兰。"隋朝江总的《宛转歌》里说："巷薖摘心不尽，茱萸折叶叶更芳。"茱萸的小核果气息芬芳，能治寒驱毒，可除虫防蛀，民间甚至认为它能"避邪"。重阳节佩插茱萸的道理便在于此。

饮酒赏菊，乃至食菊佐酒，也是重阳节里必不可少的一项风雅习俗。"朝饮木兰之坠露兮，夕餐秋菊之落英"。可见在屈原时代，特别是文人雅士间就有食菊的习俗了。三国时期的魏文帝、著名文学家曹丕，在中国文学史上留下了一封著名书信，即《与钟繇九日送菊书》。原来，曹丕在重阳节这天，给当时的重臣、大书法家钟繇送去一束菊花，并附书曰："岁往月来，忽复九月九日。……至于芳菊，纷然独荣，非夫含乾坤之纯和，体芬芳之淑气，孰能如此？故屈平悲冉冉之将老，思食秋菊之落英，辅体延年，莫斯之贵。谨奉一束，以助彭祖之术。"彭祖,是传说中有八百岁之寿的近仙之人。由此可见,重阳节送菊、赏菊,也与敬老健体、益寿延年有关。盖因菊花耐寒,不与春卉争荣,花期虽晚却持久。

到了晋代,大诗人陶渊明更是把重阳赏菊的故事推到了极致。陶渊明爱菊,因其品格高洁独秀,禁得起秋后风霜的摧折。他当时不满官场的污浊,愤然辞职,回到家乡柴桑(江西九江),隐居在田园村舍之间。耕作之余,他在宅边篱下遍植秋菊,朝夕吟哦欣赏。他的名句"采菊东篱下,悠然见南山"所呈现的境界,为历代文人所钦羡和传诵。据说有一年重阳日,他正在对菊出神,忽然来了个白衣人,送来菊花佳酿一坛。陶潜喜出望外,禁不住对着篱下菊花开怀畅饮,尽醉方休。由此可见,重阳节饮酒赏菊,也和插戴茱萸香草一样,是重阳节里风雅至极的习俗风尚。

王维的诗中还写到了重阳"登高"。九九重阳,登高望远,起源于一个颇有传奇色彩的故事。文学史上著名的书信体山水美文《与朱元思书》的作者、南梁文人吴均,在《续齐谐记》一书里记载,有一个叫费长房的人,学到了道术;一个名叫桓景的人,前来拜他为师。有一天,费长房对桓景说,九月九日,你家将有大祸临头。桓景惶恐地问,这该如何是好呢?费说,倒也不必害怕,你可带领家人,以茱萸系臂,登上高冈,饮菊花酒,此祸可除。桓景照着去做了。傍晚回来,果然看见家里的牛羊鸡狗都死去了,全家人却因此躲过了这场灾难。这样的传说,当然不足为信,但古人却信以为真,于是就有了重阳登高望远的习俗,民间甚至干脆把重阳节称为"登高节"。

农历九月九日,正处在二十四节气中的寒露与霜降之季。秋风送爽,艳阳高照,草木尽染。登高远眺,饱吸秋阳之光,吐尽晚水之气,且把层层叠叠的山川风物尽收眼底,倒也真是不失为人生一大乐事。我甚至觉得,在这个时节登高望远,也许是感受祖国山川与千里清秋之美,唤醒对故国家园的乡思与乡愁的最佳时节。相比之下,古代诗词中诸如"满城风雨近重阳""一杯残酒伴凄凉"以及"秋风亦是可怜人,更令天意知人老""一樽冷落思佳客,九日凄凉在异乡"之类的感喟,未免有点过于肃杀和伤感。

记得少年时,每当重阳时节,秋收的农活儿差不多快要忙完了,此时也正是山上的野柿子、野酸枣和各种野生植物的块根成熟的季节,乡村孩子们一放了学,就纷纷上山采集野果,挖取各种药材块根。我们把这叫作"重阳小秋收"。虽无文人学士们的风雅诗意,但也有自己实实在在的小收获。

故乡的秋色,霜重色愈浓。登高望远,秋空爽朗。风露萧萧木半黄,听得秋声忆故乡。不知故乡山冈上那红玛瑙般的茱萸果和野酸枣,还有故园篱下的野菊花,是否还在等待一个未归的人。每当这时,峻青先生在《秋色赋》结尾的抒情的句子,又会重临心头:"我爱秋天。我爱我们这个时代的秋天。我愿这大好秋色永驻人间。"

冬日抒怀

一

在祖国的北方，厚厚的大雪早就把大地、山冈和森林覆盖成了白茫茫一片。但在长江两岸，在江南，一直到冬至前后，第一场雪才刚刚飘来。江南的雪是温暖的雪，落地即化，白天里往往很难留住这晶莹剔透的小精灵。只有经过一个清冷的夜晚，雪落江南悄无声，早晨起来一看，洁白的、温暖的雪，也盖住了所有的山林与村庄，盖住了美丽的江南小镇上那些高高矮矮的屋顶、墙头和乌篷船的顶子。

这个时候，在江南水乡的一些小镇和小城里，在那些回响着吴侬软语的窄窄的小巷里，家家开始炒起了香喷喷的冬米糖。温暖的、香甜的冬米糖，一夜间就会甜透江南人家整个冬天的梦。

二

江南的冬月和腊月里，生活在小镇和山塆里的农家人，有打年糕、做糍粑的冬俗。这也是一代代江南孩子快乐和香甜的乡土记忆。谁的心中不曾保存过这样的童年记忆呢？吃过了冬至的汤圆和饺子，掸去了一年劳劳碌碌的风尘，便到了开开心心地打年糕、做糍粑的时候了。

那必定是亲人们细细磨出的雪白的米粉，那也必定是亲人们的双手温和地调制和蒸熟的糯米粉。是老祖母们的手，是母亲们的手，是姑姑和姐姐们的手，在锅盖揭开的那一瞬间，也必定是热气腾腾，糯米的香气暖人心底。

团团的，方方的，厚厚的，糯糯的，那些印着各种吉祥图案的糍粑和年糕啊！在江南小镇，在小小的山坳，在一代代人渐渐陌生的故乡的冬天，在故乡淡蓝色的炊烟袅袅的乡愁里，打年糕、磕糍粑的声音里，透着全村老幼的欢乐。一方方、一笼笼温暖的、香糯的年糕和糍粑，立刻就让整个小镇和整座山坳，沉浸到了年节的气氛里。

那是陆放翁的"小雪霏霏送旧年"；那是高适的"故乡今夜思千里"；是黄子云的"知是邻家共迎灶"；是姜夔的"一夜吹香过石桥"；是钱起的"万木已清霜，江边村事忙"；是归子慕咏的"岁暮家室情，各各念尔归"。

年糕是江南最普通的民间岁时食品，但年糕又何尝仅仅是一种年节食物。不，年糕的香糯里分明还凝聚着平民百姓心目中的一种"彩头"和美丽乡愁。那热气腾腾的蒸锅里，那在磕上印子的同时也被一一点上鲜亮的红点的瞬间，分明也有着吉祥和祈福的寓意，所谓"年糕年糕，年丰寿高"。清代叶调元的《汉口竹枝词》卷二"时令"里，也记载过这种岁时民俗："新年春酒竞相邀，轿子何嫌索价高。提盒天天来送礼，汤圆春饼与年糕。"

年糕一直是老百姓所喜欢的传统冬日食物。据说，年糕的由来也与遥远的春秋时期的楚国大夫伍奢之子伍子胥有关。那是一个类似楚人用粽子纪念屈原的传说，百姓在丰年腊月用糯米制作成糕状食品，是为了怀念危难时不失复国之志的伍子胥。只是如今，每一方、每一团雪白和香糯的年糕里，分明又包藏着一种浓得化不开的

"馅",那就是现代城市人的深深的怀旧感,一种复杂的乡愁滋味。

我相信,无论是哪一个中国人,也无论他走到哪里,他都不会拒绝一块雪白的年糕。就像他不会拒绝那一声来自亲人的嘱咐,不会拒绝那一线对于故乡、对于儿时的忆念与牵挂。就像一首老歌里所唱的,"你无论走得多么远也不会走出我的心,黄昏时刻的树影拖得再长也离不开树根"。大地春常在,人间春常在。当二十四番花信风轮番吹过,最温情、最让人眷恋的,还是这冷暖人间的万家灯火。

三

诗人罗伯特·勃莱有一句名诗:"贫穷而能听见风声也是好的"。这也常常让我想起童年时听过的冬日的风声。那其实不是"听"过而是用身心"感受"过的;那也不是一种诗意的倾听,而是一种冬天的历练与磨砺。

我小时候生活在山东胶东农村。冬天来了,大风呼啸,天气寒冷。乡村小学的教室里没有暖气,也没有生火炉,好多同学的腿脚都快冻麻木了,怎么办呢?于是,许多属于乡村小孩们的冬天的游戏相伴相生,而且成为一代代乡村孩子的童年记忆。

比如有一个游戏叫"斗拐子"。下课铃一响,男生们就欢快地奔到了操场上或宽敞的走廊一角,每个人都把一条腿"抱"起来,架在另一条大腿上,单腿站立着,像金鸡独立一样。然后是两个人一对一"对决",或者是三五个人结为一组,组与组之间"群攻",总之,谁能用盘起的那条腿的膝盖先把对方撞得双脚着地,谁就是胜利者。勇敢的男生一边勇往直前"进攻"对方,一边高声喊叫着:"前进!前进!前进!"直到把对方撞得步步后退、落荒而逃,最后双脚着地、宣告失败为止。

再如"挤墙角"的游戏。一节课上完了，小孩们手脚都会冻得冰凉冰凉的，有时都冻僵了。所以，每到课间，小学生不分男生女生，都会抢着奔到一处避风的墙角，或者站到可以晒太阳的墙边，一起做"挤墙角"的游戏。挤墙角要把队伍分成左右两队，每队派出一名个头最大、最有力气的伙伴，充当打头阵的人，其他队员一个紧挨着一个，跟在后面参加拥挤，直到把冬天里的寒冷全部"挤"走了，个个挤得额头冒汗，这时候，上课的铃声也响了起来……

挤墙角的游戏，给我们小时候那些寒冷的天气，带来了多少温暖和快乐啊！挤墙角没有太多的规则，也不需要什么特别的技巧，所以，人人都喜欢加入游戏的队伍。谁承受不住挤压，"扛"不住了，谁就会被挤出队伍。被挤出队伍的人，可以快速跑回自己小队的队尾，继续加入。哪个小队的队伍先被挤垮、挤散了，哪个小队就算输了，然后，游戏重新开始。现在想来，这个游戏真有点像是"拓展训练"的内容，不仅可以锻炼人的抗压力和忍耐力，还可以训练和培养一种团结协作的团队精神。

我记得还有一个游戏，名叫"打滑溜"。冬天到了，厚厚的雪盖住了我们的村庄和田野。我们堆起的雪人，正站在金色的草垛边，好像冬天里的一只小鸟，在默默地等待着春天。淙淙的小河，在冰层下唱歌；青青的麦苗，在大雪的被子下呼吸；红嘴巴的小鸟，在草垛上吹着口哨；小小的蒲公英，也躺在泥土的被子下，做着长长的冬天的梦。寒冷的冬天里，许多小斜坡上，被踩过的雪结成了冰，就连小河的河面上，也都结了厚厚的冰层。这时候，正是乡村小孩们玩"打滑溜"游戏的时节。

就像一群快乐的小鸟，孩子们谁也不愿错过飞翔的时光。在结冰的小斜坡上,在厚厚的冰河上,在上学的小路上,只要借助冰雪的光滑用力一滑,我们的脚上就像穿上了带轮子的冰鞋一样,身上好像也长出了飞向春天的翅膀。"打滑溜"又叫"打滑达",是生活在北方的孩子们冬天里玩的游戏。可以一两个小伙伴一起玩,也可以很多小伙伴排成队,轮流着玩。玩时要选一处有点陡斜、又比较光滑和安全的小坡,从高处往下滑。滑溜时可以做出各种姿势和花样:坐着滑、站着滑、蹲着滑、双人牵手滑、三人蹲着搂抱着滑、单腿滑,有的还可以头部和四肢后翘,只用胸膛贴着冰面向前滑呢!

四

　　江南塞北,大河上下,锦绣山水的祖国大地上,哪有不美的季节? 哪有不让人留恋的时令?

　　雪静静地落在茫茫无际的山岭上。雪静静地落在长江两岸的城市、小镇和村庄里。雪落大地悄无声。纷纷扬扬的雪花,好像是一只一只从天外飞来的白蝴蝶,又好像是一朵一朵从远方飘来的蒲公英花球,那么轻柔无声,又那么温情默默地,轻轻地落啊,落啊……

　　落在绵延起伏的山岭上;落在蓬松的山毛榉和马尾松的树冠上;落在密密的灌木林中;落在漂满金色落叶子的深深的河谷里;落在空旷的、只剩下小稻草人的田野上;落在护林老人冒着青烟的木屋顶上;落在河边停止了转动的风车上;落在牛栏的墙上和村边的草垛上;落在静静的谷场与村边的道路上……

　　洁白无瑕的雪花,你的心地是那么单纯,你的品格是那么高洁!你从寒冷的空中飘下,经受过那么凛冽的考验;你又将自己的生命融入山岭和大地,化作雨水和来年的春光,滋润着山川、草木与禾苗的生长。在大地母亲的怀抱里,你,是无怨无悔和忠贞无私的赤子;你,是润物无声、与天地同在的雨的精魂。

我爱朝气蓬勃的春天,我爱雨水丰沛的夏天,我爱瓜果飘香的秋天。对于银装素裹的冬天,我也怀着同样的挚爱与留恋。

囊萤映雪童年书

"囊萤映雪"是中国人家喻户晓的读书和励志故事。"囊萤"的主人公是晋代的车胤。《晋书》里有一篇《车胤传》，说他"家贫不常得油，夏月则练囊盛数十萤火以照书，以夜继日焉"，最终"以寒素博学，知名于世"。"映雪"的主人公是比车胤出生晚了大约一百年的孙康。据说，孙康也是少年好学，家贫无油，常在冬夜里映雪读书，后来同样是"学而优则仕"，官至"御史大夫"。

千百年来，故事里的两个主人公，一直被视为激励幼童们贫寒不移其志、发愤苦读的典范，从来没有谁去质疑过可信与否。到了明朝末年，有位笔名叫"浮白主人"的，想来是个好酒之人，终于忍不住在一本笑话集里，把"囊萤映雪"的故事"戏说"了一番。在笑话里，车胤和孙康变成了一对朋友。有年夏天，正是萤火虫飞舞的时节，孙康去拜访车胤，却不见车胤在家里读书，就问车的家人，车兄哪里去了？车家人回答说，去井台边草丛里捉萤火虫去了。到了冬天，车胤回访孙康，刚走到村口，就远远看见孙康伫立在门外，仰着头张望着天空。车胤不解，走近问道，这么悠闲的好时光，孙兄何不用来读书呢？孙回答说，我观察了良久，这个天气，不像是要下雪的样子，今日恐怕是读不成了。

这位"浮白主人"真是不太厚道，一下子就把千百年来的一桩励志美谈，给彻底解构和颠覆了。

不过，笑话归笑话，囊萤映雪，鸡鸣风雨；凿壁偷光，悬梁刺股；青灯窗下，白首山中；"少年辛苦终身事，莫向光阴惰寸功"；"劝君莫惜金缕衣，劝君惜取少年时"……先贤们留下的这些励志、惜时、发愤读书的箴言，仔细体会和回味一番，仍然不难感受到其中的殷切、真诚与温暖。这是中国人对童年与书的真实心态、情怀与价值观，甚至，这其中还包含着一代代读书人的命运、记忆与乡愁。

回忆起我们这一代人童年时代的阅读，未免有些羞愧和伤感。小时候在贫穷的小山村里生活，又是在那样荒芜和动荡的年代里，不仅"家贫无油"，即使有一盏煤油灯，可是，书又成了更为珍贵和稀罕的东西，到哪里去寻找更多的儿童读物呢！我能记得起来的，只有《高玉宝》《闪闪的红星》《小马倌和大皮靴叔叔》《苦菜花》和《普希金童话诗》这样几个书名。当时还读到过老作家杨啸创作的一本民歌风格的儿童故事诗《草原上的鹰》，写的是草原上的一个蒙古族小英雄莫日根的故事，我几乎能把全书背诵下来，可见当时能拥有一本书会多么珍惜。"敬惜字纸"的习惯和美德，用不着任何人劝诫和教育，完全是出于本能，就像高尔基所说的饥饿的人扑到面包上一样，很自然地就养成了。

没有书读，那就听故事吧。我的童年时代里大部分时光，是和祖父、祖母生活在一起的。祖父是一位老护林员，一生勤俭劳苦，对我的教育和影响很大。那时候小村庄里还没有电灯，只用煤油灯或豆油灯照明。北方冬天的夜晚很长，乡下睡觉也很早，所以在许多冬天的长夜里，有时也是在夏夜乘凉时，我就会缠着祖父、祖母给我讲故事。他们能讲很多民间故事。

记得七八岁时，祖父用韵语给我出过一组谜语："上山直溜溜，下山滚棋馏，摇头梆子响，洗脸不梳头。"每一句要猜出一种动物。其中"粿馏"是一个方言词,是我们老家胶东的一种用红薯面、玉米面或黄豆面混合做成的窝窝头。这四种动物分别是狐狸、野兔、驴子和猫。这个谜语我至今还记得。

祖母给我讲的故事就更多了,像"金粪筐和银纺车的故事""小红点的故事""灯花姑娘的故事""狗尾巴草的故事"等等。夜晚里祖母讲故事舍不得点油灯,所以留在我记忆里的这些故事,多半在黑夜里伴着映在纸窗上的月光和摇晃的树影……

这种情景,与普希金童年时代在夜晚里听乳娘给他讲俄罗斯民间传说和故事的时光何其相似。

我去俄罗斯访问时,曾特意去过莫斯科远郊那个名叫扎哈罗沃的村庄,为的是去看一看普希金少年时经常独自坐在老椴树下看书和幻想的那块林中空地。那里有一棵孤零零的老椴树,老得就像童话里的"树王"。少年普希金时常拉着奶娘或外祖母坐在那里,听她们给他讲故事。可以想象一下:每当夕阳西下,田野上空飘散着绯红的晚霞,静谧的小树林也仿佛穿上了绯色的衣裳,在温柔的夕光里就像待嫁的新娘;农人们从田野归来,一路上都回荡着他们的歌声;马在打着响鼻,狗在远处的道路边或田埂上追逐着,发出欢快悦耳的吠声;妇女们鲜艳的披肩和衣衫在晚霞里闪着动人的光芒……少年普希金就是从乳娘和外祖母讲述的民间传说故事里,从农人们晚归的欢笑声中,渐渐认识到了俄罗斯人民善良、勤劳与乐观的天性。

我当然不是要以普希金自比,但是有一点倒是相似的:长大后我写的那些童话诗,就像普希金的童话诗一样,许多也是根据祖母、祖父给我讲的胶东乡村民间故事改写的。毫无疑问,这些朴素的故事,也培养了我童年时代的善恶感、同情心和想象力。它们是真正的"中国故事",散发着中国情怀、中国传统美德的芬芳,也启迪着我对世道人心的认识与容纳。现在想来,对一个成长中的孩子来说,童年的书本、故事和幻想,乃至任何馈赠,都是十分宝贵的。

童年的故事与书,都是种子。未来的茎里和果实里有的,种子里早已有了。格雷厄姆·格林甚至认为,只有童年读的书,才会对人生产生深刻的影响。"孩提时,所有的书都是'预言书',能告诉我们有关未来的种种,就像占卜师在纸牌中看到漫长的旅程或经由水预见了死亡一样,这些书影响到未来。"

对天真懵懂的幼童来说,有一些书,有一些故事,童年时读到了、听到了,也就是永远地读到了、听到了;童年时错过了、缺失了,也可能是永远地错过和缺失了。有一些书,一个人如果不在童年时读到它们,不曾在童年时代为它们动过真情、流过眼泪,那么这个人的本性和他整个的精神成长,都可能有所欠缺。

当然,幼童时代应该多读什么书,也是一个问题。对此,我的一个基本认识就是:不熟悉自己的家园、文化和根脉的人,对全世界也将是陌生的。从古老的《诗经》开始,我们的方块文字,我们美丽的母语汉语,就不仅仅是我们赖以生存和交往的工具,也不仅仅是我们全部文化与文明的载体,而是我们最初的和最后的回忆之乡,是我们全部的记忆与乡愁。从《诗经》《楚辞》到《汉赋》和乐府诗歌,从六朝诗文到唐诗、宋词、元曲、明清传奇……一直到我们现代的新诗和白话散文,浩如烟海的诗文,都在抒写着中华民族曲折的故事、漫长的记忆和最深沉的乡愁。一个在中国大地上长大的孩子,怎么可以不去阅读这些"中国故事",不去熟悉自己的文化根脉?

一本好书,就像一根小小的划燃的火柴,可以点亮一堆温暖的篝火,照亮童年时代蒙昧的夜空。圣埃克苏佩里借小王子的口说:"沙漠之所以美,是因为在某个地方藏着一口水井。"又说,"我以后也会遥望星星。每颗星星都像是带着生锈的辘轳的水井……你有五亿个小铃铛,我有五亿口水井……"最优秀的童年之书,一定都像《小王子》一样,先让孩子们懂得口渴的感觉,然后再为他们画出一条通往水井和清泉的道路。

荆楚风味记

"八股套"小麻花

八百里洞庭湖,把古时候的荆楚大地分为湖南和湖北。洞庭湖以南,就叫湖南;洞庭湖以北,就叫湖北。今天的湖南和湖北,也是古云梦泽的一部分。以滚滚长江为界,云梦泽分为云、梦二泽,长江以南,就是今天的鄂东南和湖南岳阳一带,叫作"梦泽";长江以北,就是今天的湖北江汉平原一带,叫作"云泽"。

要讲荆楚风味,我得先从湖南说起。长沙南门外,有条古老的街巷叫里仁坡,清朝时,这一带有几所书院,相当于今天的"学区",青年学生多。不知从什么时候起,时常会有二三同窗好友相邀,跑去城南的里仁坡喝茶。

里仁坡的茶,真有那么好喝吗? 其实不是。原来,茶馆边有一家炸麻花的小店,当炉的女子长得特别好看,年轻的书生们都假装喜欢喝茶,一到周末就跑到茶馆来,就是为了多看一会儿这个女子。

几次闲聊之后,有一位书生,对炸麻花的女子有了好感,甚至有点依依不舍了,于是就去得更勤了。

不料寒假过后,他和同窗好友再去里仁坡时,却不见了炸麻花女子的踪影。这位书生满怀伤感,遂戏仿唐朝诗人崔护那首名诗《题都城南庄》,作了一首打油诗,聊以排解心中思念:

去年今日里仁坡，

人面麻花相对搓。

人面不知何处去，

麻花依旧下油锅。

那么，那位炸麻花的女子哪里去了呢？

我在鄂南阳新县文化馆工作时，要经常去乡下采风，收集民间故事和歌谣。有一次在浮屠街镇采风时，竟然听到一位老倌说，当年在里仁坡炸麻花的那位长相俊美、心灵手巧的湘妹子，离开长沙到了岳阳，又从岳阳过江来到江南，就在浮屠街镇上依旧靠炸麻花手艺为生。

老倌们还说，今天浮屠街镇有名的风味小吃"八股套"小麻花，就是当年这位女子的手艺，一辈辈传下来的。

这也许只是一种附会和戏说。不过，阳新县是位于幕阜山区和湘鄂赣三省交界处的一个小边城，洞庭湖南北和幕阜山一带的风味小吃互通有无，手艺交融，也不是没有可能的。

把小麻花叫作"八股套"，颇为形象。这种小麻花的做法，其实并不复杂：把发好的面团搓成小面条，几根小面条像编绳子似的纠缠搅和在一起，做成大的绞条，再放进油锅里炸，要不断翻滚，炸到绞条自动浮出油面，色泽慢慢转黄，捞起来略加晾放，就可食用了。

"八股套"小麻花很快成了鄂东南民间一种常见的风味小吃。早年间，长江沿岸的码头上，武汉、长沙等大城市里，还开有它的专卖店。今天，有的超市里卖的"大冶金牛麻花""阳新八股套"，都属这类小麻花。

"八股套"不光色泽金黄、香酥焦脆,外形制作也很美观。有传统的发辫形、剪刀形,还有令人叹为观止的鸳鸯形、燕子尾形。甜咸俱全,风味各异。可以煮汤,可以炒菜,还可用作火锅食料。阳新、大冶的民间巧妇,还常用小麻花制成"麻花红烧肉""麻花蛋汤"等家常小菜肴。当然,"八股套"更是小朋友们特别喜爱的风味零食。

热干面

如果你到武汉来旅游或上学念书,也许会慢慢品尝到被誉为老武汉小吃"十二绝"的各种风味美食。这"十二绝"包括:"老通成"豆皮、"四季美"汤包、"筱陶袁"(小桃园)煨汤、"老廉记"豆丝、"蔡林记"热干面、"谈炎记"水饺、"顺香居"烧梅、"福庆和"米粉、"鲁源兴"米酒、"五芳斋"汤圆、"田启恒"糊汤粉、"谢荣德"面窝。

热干面,大概是武汉目前除了小龙虾、"周黑鸭"鸭脖之外,在全国最具知名度的"过早"面食了。

武汉人把吃早餐叫"过早",一般不会在家里吃早餐,都喜欢坐在街头巷尾的小吃店,甚至站在街边"过早"。

到武汉来吃热干面,一定要吃"蔡林记"。1946年,汉口满春路口第一次出现专卖热干面的小吃店"蔡林记",因为风味别致,经济实惠,迅速成为市井百姓的"最爱"。

据面馆业老食客讲,从前汉口长堤街有一个专卖汤面的小贩,诨名"李包"。有一次,他的面没有卖完,为了避免损失,他就在竹箩里把面摊开,还用食油拌了拌,这样面条就不会黏在一起了。第二天,李包把面用开水一烫,加上些咸菜丁儿做佐料,吃起来竟然别有风味。"热干面"就这样问世了。从此,李包也专心做起了"热干面"生意。

后来,住在汉口单洞街的蔡明伟,在 1928 年开始热干面小摊经营,取名"蔡林记"。日军侵占武汉期间,食盐极其难得,蔡就把牛肉切成细丁儿,掺在豆瓣酱内,当作味料抖入热干面中。没想到,这么一弄,味道奇美,深受食者青睐。1948 年,"蔡林记"迁至永康里对面,继续经营。渐渐的,一些卖过早小吃的小门店纷纷效仿,热干面很快遍及江城三镇。因为廉价又简单,热干面至今仍是武汉人过早离不开的面食。

现在,一碗正宗的"蔡林记"热干面,除了榨菜丁儿、葱花、香菜这些佐料,还有一种佐料最不能少,就是芝麻酱。有人把芝麻酱视作热干面的"灵魂"。

对了,武汉人过早吃热干面,往往还会配上一碗热腾腾的蛋花米酒,蛋花米酒是热干面形影不离的"咖啡伴侣"。

"老通成"豆皮

《楚辞·招魂》里描写的楚国宫廷筵席菜单上,出现过麻花、馓子、蜜糖糕、油煎饼等风味小吃。后来,荆楚百姓为纪念爱国诗人屈原,又首创了粽子。

我问过一些年轻的"美食达人",对湖北什么小吃印象最深?不少人不约而同地说,豆皮!

豆皮,原本是荆楚乡村的一种普通熟食。早年间,小镇上一些做小买卖的,为了谋生,肩挑小担,上集市供应豆丝,用糯米和香葱做馅,做成一种简单而便宜的小吃,这就是早期的豆皮。

渐渐的,肩挑小贩演变成倚门建灶,当街营业,成为专卖豆皮的早食小店。武汉最老的一家豆皮店,是武昌王府口"杨豆皮",距今已有一百三十多年历史。据说,"杨洪发豆皮馆"的豆皮,最早是由杨老板亲自动手制作的"光豆皮",又称"素豆皮",油重、外脆、内软,味美且实惠,适合平民阶层,特别是学生伢们每天"过早",都爱吃豆皮。

后来,"光豆皮"又发展出什锦豆皮、三鲜豆皮。在"杨豆皮"之后,郭春山的"什锦豆皮"和"三鲜豆皮",一时成为武汉三镇"过早"的必备食物。

当然,要说老武汉最有名的豆皮,非"老通成"三鲜豆皮莫属。说起"老通成"这个老字号,与大上海有关。

1929年,年轻的"乡下伢"曾厚诚,从汉阳乡下来到武汉谋生,先后当过蜜饯作坊学徒、旅店茶房、汉口"共和大舞台"茶房领班等。他在戏院茶房当领班时,因公跑过上海、北京等地聘请戏班。有一次,他在上海见到一家餐馆,匾额上题着"老通成"三个字,随即萌生了自己回家开餐馆的念头。

曾厚诚回到武汉后,暗自筹资,在汉口大智路3号租到了一间小门面,开办了一个饮食店,取名为"通成"。店名有几个含意:一是通城里的意思。因当时大智路口在城外,进城必经此地;二有通达成功的吉祥寓意;三是他看见上海有家"老通成"餐馆,有追慕之意。

曾厚诚经营有方,餐馆以甜食小吃为主。早晨面向一般市民和做工者,中午主要是外地过往客商和放学就餐的学生伢,夜点就为影院、戏园散场后的观众及舞厅里的舞女、舞客服务,品种有包子、水饺、肉丝面、锅贴、伏汁酒、莲子汤等,夏季还增加了绿豆汤、八宝粥之类。凡要求送货上门的,老板或案板师傅立即就派学徒送去,从不误时。这相当于今天"外卖小哥"送快餐吧。

因为在顾客中信誉颇好,曾的生意越做越红火。然好景不长。抗战胜利后,1947年,曾厚诚聘请了武汉一位有名的豆皮师傅高金安来店掌勺,又效仿上海"奶油豆皮大王"的做法,以三鲜豆皮为主营特色,还不惜耗资千元,在楼顶安装了"豆皮大王"的霓虹灯广告。

高师傅是汉阳人,十四岁就来到汉口花楼街"福寿图甜食馆"做学徒,学会了制作豆皮和各种甜食。他加盟"老通成"后,使该店豆皮的名气越来越大,高峰时每天销量可达一千五百多份。"老通成"豆皮遐迩闻名,民国时期甚至有中央航空公司的民航机飞行员,买了豆皮,用荷叶包好,特意带到台湾去。

曾厚诚虽是商人出身,但他的几个子女,都是年轻时就追求进步、向往光明。因此,抗战前后,"老通成"饮食店,还有曾厚诚开办的大智旅社,都成了中共地下党的秘密接头地点。抗战期间,著名音乐家冼星海,还在"老通成"楼上住过一些时日,创作了不少抗战歌曲,如《到敌人后方去》《游击军》《在太行山上》等。了解了这些,你也许会惊讶地发现,原来,一份普通的"过早"风味小吃的背后,竟然有这么多文化这么多故事。

第三辑

楼船夜雪

春到罗布泊

有一幅铁马冰河般的画面,多年来一直在我心中闪耀:

千年的风沙吹过万里边关,一弯冷月照着广袤的大漠和白茫茫的雪山白头……突然,天狼星下,电闪雷鸣,大地上仿佛在颤动,远方回响着隆隆回声。一支身上还披着战争硝烟的队伍,星夜驰驱,有如一支不可阻挡的滚滚铁流,向着沉睡的罗布泊大漠挺进而来,千军万马的脚步声,瞬间踏破了戈壁荒原沉睡的大梦……

这雄壮的一幕,发生在六十多年前大西北的罗布泊荒原上。

罗布泊如果仅仅有雪山、峡谷、沙漠、戈壁,还有大漠上一年四季的飞沙走石,哪怕再加上芨芨草、骆驼刺、红柳、胡杨、沙枣这些戈壁植物,似乎也构不成你在我心中的完整图景。

不,还必须加上这支像钢铁一般勇往直前、坚不可摧的大军,加上这些曾经揣着"上不告父母,下不告妻儿"的铁的纪律,甚至隐姓埋名进入这片大漠的英雄儿女,加上他们在这里留下的艰苦奋斗的岁月,以及在这里创下的惊天动地的伟业,才能构成罗布泊最完整的图景与风貌。

铁马秋风、战地黄花、楼船夜雪、边关冷月,被概括为中国军人心目中的"风花雪月"。而对曾经在罗布泊沙漠深处奋斗过的英雄儿女们来说,他们心中的花与雪,却另有具体所指:花,是生长在大漠戈壁上的马兰花;雪,是卷扬在大漠戈壁上的连天飞雪。

罗布泊,蒙古语称为"罗布诺尔",意为"众水汇入之湖"。古时候,这里又被称为蒲海、盐泽、洛普池。曾经驰名西域三十六国之一的楼兰古国,就坐落在这片广袤的沙海之中。楼兰曾是一个繁盛一时的文明古国,但仅仅辉煌了不到500年,在公元四世纪时渐渐人去楼空,最后只剩下一座死城,交给了漫漶的风沙和岁月,任其吹袭、损毁和掩埋。

在楼兰古城消失大约一千五百多年后,1900年,瑞典探险家斯文·赫定率领一支探险队,由一个罗布人当向导,艰难地抵达了罗布泊沙漠腹地。这位探险家在《亚洲腹地探险八年》一书中写道:"罗布泊使我惊讶,它像一座仙湖,水面像镜子一样,在和煦的阳光下闪烁。我们乘舟而行,如神仙一般。在船的不远处,几只野鸭在湖面上玩耍,鱼鸥和小鸟欢娱地歌唱着……"斯文·赫定所看到的这个"仙湖",后人认定,就是古称"西海"的、位于天山南坡焉耆盆地东南、今天的博湖县城以东的博斯腾湖。

从博斯腾湖西部溢出的一条无支流水系,流经库尔勒市和尉犁县,注入了罗布泊。这条水系就是曾经滋养过楼兰人的孔雀河。相传东汉时西域大都护班超曾率军在此饮过战马,所以孔雀河古称饮马河。当斯文·赫定一行离开博斯腾湖,沿孔雀河继续前行一段之后,映入眼帘的便是一望无际、荒无人烟的沙漠与戈壁。他在书中详细记录了这次探险的经过,他和他的考察队几乎全部葬身在这片沙海。因而他又在书中告诉人们:这里根本不是什么仙湖,而是一片可怕的"死亡之海",他甚至把这里称作"东方的庞贝"。

然而谁能想象,就是在被斯文·赫定称作"死亡之海"的这片大漠之上,在二十世纪六十年代第一个春天到来之前,一位刚从朝鲜战场归国不久的将军,率领一支小分队,冒着大风沙,深入到了罗布泊腹地,在孔雀河畔打下了第一根木桩作为记号,然后用无线电向北京报告说:这片荒无人烟的"大场子",足以成为新中国核试验的一块"风水宝地"……那天,通讯员正在收听电台信号时,将军的目光被河畔草滩上的一簇正在盛开的蓝色小花吸引住了,忍不住问给他们做向导的一位维吾尔族老乡:"这是什么花啊,这么美丽?"老乡告诉他说:"首长,这是马兰花,可香啦!"就在此时,通讯员向首长报告说:"北京在询问,我们现在的位置叫什么名字?"将军略一思索,脱口而出:"马兰,就叫马兰!"

第二年一开春,这位将军率领着数万人的核试验基地建设大军,浩浩荡荡地开进了罗布泊,在地处天山南麓,东连罗布泊沙漠,西接塔里木盆地,距离博斯腾湖约有十来公里,而离孔雀河较近的马兰扎下了"营盘"。

马兰的面积有多大呢?有人形象地比方说,它相当于一个江苏省的面积。初到马兰的数万名从硝烟战火中走来的军人,加上数以千计的科学家、科技人员,在人迹罕至的大沙漠上,悄悄拉开了铸造共和国"核盾"的大幕。从此,马兰这个地方就与新中国的核事业紧密联系在了一起,几乎成为新中国核试验的代名词。将军和他的数以万计的将士们,还有一批批科学家、科技人员以及他们的子女,还有后来陆续来到中国核试验基地工作的人,都自称为"马兰人"。他们把罗布泊这片大场子,又分为内场和外场。内场,就是他们的营房和生活区;外场,就是远离营房和生活区300公里以外的核试验场,也称核爆区。

英雄儿女们的到来,让沉睡了千年万年的大漠戈壁苏醒和沸腾了。他们不仅在这里开拓出了神奇的绿洲,创造了惊天动地的人间奇迹,更是孕育和培养出了伟大的"两弹一星"精神,还有像戈壁马兰花的生命一样顽强、瑰丽和宝贵的马兰精神。

1964 年 10 月 16 日，随着罗布泊上空一声地动山摇的巨响，我国第一颗原子弹爆炸成功，彻底打破了超级大国的"核垄断"和对新中国的"核威胁"。1967 年 6 月 17 日，我国第一颗氢弹又在罗布泊空爆试验成功。氢弹爆响之时，参与试验的人们亲眼看到，天空中同时出现了两颗"太阳"。那颗比真正的太阳还要大的"火球"，正是我们成功爆响的第一颗全当量试验氢弹。

在一般人的想象里，罗布泊就是无边的沙海、荒凉的戈壁、湮灭的古城，还有风雪刺骨、飞鸟不到的碱滩。但是，在马兰的英雄儿女们眼里，罗布泊是一片抒写"大诗"的"大场子"。中国核试验基地首任司令员张蕴钰将军，也是一位喜欢写诗的军旅诗人。从选定这个地方那天开始，他就坚信，这片足足有 10 万平方公里的大场子，足够他们挥写出铸造新中国"核盾"事业这首最豪放的"大诗"。

从 1964 年的首次核试验算起，一直到最后一次核试验完成，我国在这里一共进行了 45 次核试验，其中半数是地下核试验。1996 年 7 月 30 日，罗布泊荒原和远处茫茫群山，又一次像发生了剧烈的地震一样，地表微微颤抖起来……这是中国最后一次核试验，在罗布泊的群山深处成功爆响。同一天，我国政府向全世界庄严宣布：从即日起暂停核试验。也是在这一年，年届八十的首任"核司令"张蕴钰，这位毕生都在抒写中国核试验事业这首"大诗"的老将军，在回忆录里如是写道：我和蘑菇云打了一辈子交道，但从来就不喜欢蘑菇云。我相信，所有的中国人都不会喜欢蘑菇云，没有谁会喜欢这东西……

是的，正因为不喜欢蘑菇云，曾经生活在蘑菇云阴影下的中华儿女，才不得不走向戈壁大漠，选择了被称为"死亡之海"的罗布泊，开始新中国"核盾"的铸造事业。而现在，这首惊天地、泣鬼神的"大诗"，终于宣告完成了。

没有到过罗布泊的人，怎么也不会想到，在这荒凉、贫瘠和风沙肆虐的沙漠戈壁上，竟然生长着一种生命力特别顽强、又异常美丽的花朵：马兰花。

马兰花是罗布泊沙漠和孔雀河畔的"吉祥花"。当严酷的冬季还没走远，人们苦苦盼望的沙漠之春还没有抵达冰封的孔雀河两岸，马兰花坚强的根须，就会最先在寒冬中苏醒和萌发，它们在泥土下面默默存活、忍耐着，感知和谛听着沙漠之上春天的脚步。虽然春天的脚步经常会被暴风雪暂时阻隔在荒原深处，但是，春天的脚步又终究是无法阻挡的。随着残冬的步步退却，辽阔的博斯腾湖边，蜿蜒的孔雀河畔，坚冰开裂，残雪融化，马兰花在所有植物中最先焕发出新的生机和绿意，向人们预报了春天的临近。不久，天气渐渐温暖了，一簇簇蓝色的马兰花也含笑绽放。还有一些无惧无畏的小鸟，会飞到孔雀河畔那些蒙上了绿意的芦苇林里跳跃、歌唱；红柳丛又变得柔软、蓬勃而茂盛了；云雀欢唱着飞入云霄，沙鸡和"跑路鸟"也开始在戈壁上奔跑追逐，"咕咕"地呼唤着同伴……

今天，无论是广袤的罗布泊荒原，还是曾经隐姓埋名的马兰英雄们，都已经揭开了神秘的面纱，逐渐为世人所知。当年的马兰核试验基地，也成了一处对外开放的爱国主义教育基地。2023 年 9 月，马兰基地又与成渝铁路、渤海船厂等，作为中国式现代化进程中的"红色工业遗产"，被列入第三批中国工业遗产保护名录。当年试验基地的内场，曾被称为"马兰村"，如今也变成了一座白杨林立、瓜果飘香、游人熙攘的现代化的"马兰城"。

伴随着又一个春天的脚步，我第三次来到罗布泊。这片遥远的大漠，这块被誉为"挺起祖国母亲脊梁"的热土，也是我魂牵梦萦的地方。近些年来，我以罗布泊为故事背景、以马兰儿女们为主人公，先后创作了《天狼星下》《罗布泊的孩子》《共和国使命》和《林俊德：铸造"核盾"的马兰英雄》等多部虚构与非虚构作品。但我仍然觉得意犹未尽。在我的心中，罗布泊和马兰的英雄儿女们的奋斗业绩，是一部永远也写不完的"大书"。

第一颗原子弹爆心原址，红山山谷营房旧址，生长着若干高大的老榆树、其中有一棵被张爱萍将军命名为"夫妻树"的榆树沟，还有保留在老工兵团院子里的那些"地窝子"，是我们的初进罗布泊的战士们夜晚睡觉的地方。通往外场的"7区"左侧和"8区"右侧的一个Y字形上端处，一个属于后勤部的兵站，原本的名字叫张郭庄，后来又改名叫甘草泉……徜徉在这片早已经冷却下来的热土上，亲身体验和感受着一代英雄儿女留下的这些"红色胜迹"，我像徜徉在一片古战场上一样，心中也自然涌起了一种悲壮的感情："浩浩乎，平沙无垠，夐不见人，河水萦带，群山纠纷……"同时，我也在默默地"拼贴"着自己心目中的罗布泊的雄姿：它不是斯文·赫定笔下荒凉人烟、驼骨成堆的绝望之地和死亡之海，而是新中国英雄儿女们奋发图强、赤心报国的万里疆场，是伴随着铁马秋风、军歌嘹亮、大漠飞雪和马兰怒放的青春芳华。

许多在罗布泊奋斗过的人，生前几乎无一例外都会留下一个遗言：把我送回罗布泊，送回马兰，埋在牺牲的同志和战友身边……

马兰革命烈士陵园，位于马兰基地生活区西门边，往南走就是博斯腾湖，往北去就是巍峨迤逦的天山。从核试验基地开始组建之日起，有不少部队的官兵、科技人员、后勤人员，都牺牲在了这片鲜为人知的"战场"上。当初，有的人牺牲了，基地里条件简陋，战友们只能把他们就地掩埋在荒漠中的一片胡杨林里。随着牺牲的人越来越多，这里就渐渐形成了一片掩埋烈士的墓地。庄严肃穆的马兰烈士陵园，就是在当年的胡杨林地上建起来的。

陵园里分列安置着四百多座庄重而洁净的墓碑。四百多位用生命铸就了共和国"核盾"的英雄儿女，包括基地首任司令张蕴钰将军、"两弹一星"元勋朱光亚院士、功勋科学家程开甲院士、全军挂像英模林俊德院士等，都安睡在这里。一座高大的"马兰革命烈士纪念碑"矗立在蓝天白云之下，基座上镌刻的碑文，是由朱光亚院士亲笔题写的："……安葬在这里的人们，就是为创造这种惊天动地业绩而献身的一群中华民族的优秀儿女……他们的生命已经逝去，但后来者懂得，正是这种苍凉与悲壮才使'和平'二字显得更加珍贵。"

英雄儿女们年轻的身躯、青春的笑容和赤诚的生命，在戈壁大漠上化作了永恒。马兰花、甘草泉、胡杨树，都是罗布泊荒原上最坚强、最忠贞、最美丽的生命象征。他们的生命和精神，像马兰花一样忠贞，像甘草泉一样纯净，像大漠胡杨树一样坚忍不拔：活着，千年不死；死了，千年不倒；倒下，千年不朽。

爱比天空更辽阔

一

2023 年 7 月 20 日,湖北革命军事馆筹建办公室门口,缓缓走来两位皆已年届九十的老人。负责接待的年轻人,似乎一下子还记不起两位老人的名字,但他们常年一身迷彩服的特殊"标识",他们都在中央电视台和其他媒体上见到过。这两位老人,就是马旭和她的老伴颜学庸。七十多年前,两人是中国人民志愿军。

这天,两位老人带来了许多珍藏多年的"宝贝",捐赠给了他们的"第二故乡"武汉。每一件宝贝都凝结着他们丝丝缕缕的军旅记忆:其中有马旭在部队获得的发明专利证书及其实物,如空降兵跳伞时使用的"充气护踝"和"高原供氧背心"、各种荣誉勋章与绶带、作战靴,还有两人多年来写出的科普著作、读书笔记、剪报资料等。"我的一切都是党和国家给我的,我应该把自己的一切奉献给党和国家。"这是马旭和她老伴共同的心愿。

两位老人的捐赠,不禁让人再次想起五年前发生的一幕。

那一天,还是这两位身穿旧迷彩服的老人,相携走进武汉市一家银行,要将数百万元汇往遥远的黑龙江省木兰县。因为汇款数目太大,细心的银行人员想询问一下汇款缘由,两位老人却欲言又止,怎么也不肯说出实情。银行人员担心老人是不是遭遇了诈骗,就悄悄报了警。

经过一番耐心劝说,两位老人最后总算"配合",说出了实情。原来,他们要将毕生积蓄的 1000 万元,分批汇往马旭的家乡,用于资助儿童教育事业。"只有孩子能接受好的教育,家乡的发展就会更有希望。"这是马旭朴素的愿望。在场的人们瞬间被感动了。两位志愿军老兵的故事,由此开始进入公众视野……

二

小时候的马旭,最喜欢听的就是花木兰替父从军的故事,恰巧,她的家乡就叫木兰县。虽然此木兰非彼木兰,但是年幼的马旭还是在心中播下了一个"巾帼英雄"的梦:谁说女子不如男呢?

1947 年,十四岁的马旭参军入伍,成为一名光荣的解放军战士。在东北军事政治大学学习了半年的文化课与战地护理知识后,马旭打起背包,和战友们一起奔赴辽沈战场,成为一名卫生员。

炮火硝烟中,一个女兵的青春得到了淬炼。马旭不仅是卫生员,更是战斗员,她先后几次参加了激烈的战斗,身负重伤,也因此立功受奖。

行军途中,马旭读到了苏联一位有名的战地作家和卫国英雄盖达尔写的一本小说。小说的故事情节她没有记住,却牢牢记住了书中这样一段话:"什么是幸福?每个人有自己的见解。但是所有的人都应该知道和了解:应该正直地活着,勇敢地战斗,辛勤地劳动,并且真心热爱和卫护那片名为'祖国'的广大而幸福的土地!"

1951 年,马旭随志愿军入朝作战,与战斗英雄黄继光分到同一支部队。在上甘岭战役中,她几次立功,先后被授予抗美援朝纪念章、保卫和平纪念章和朝鲜政府三等功勋章。

在朝鲜战场上，马旭和志愿军战友颜学庸也结下了深厚的战斗情谊。上甘岭战役时，颜学庸担任后勤补给任务。马旭因为时常在战壕和坑道里给战友们演唱《花木兰》《杨门女将》等鼓书，又被战友们称为"战地小百灵"。两个年轻的志愿军战士，在枪林弹雨中相识、相知、相爱了。

1954年7月，回到祖国的马旭被保送到第一军医大学深造。颜学庸也在这一年光荣入党。一天，颜学庸买了一本刚刚出版的新书送给了马旭，书名叫作《古丽雅的道路（第四高度）》。

"什么是'第四高度'呢？"看着书名，马旭问颜学庸。

"书里说，一个年轻的革命者，一生中应有'四个高度'，就是入队、入团、入党……"

"这是三个，还有一个'高度'呢？"

"'第四高度'，就是为祖国建立功勋！"

"说得太对了，为祖国建立功勋！"

从此，马旭把这个信念深深地埋在心底，更加努力地投入学习中。毕业后，马旭被分配到武汉陆军总医院。工作不到三年，她主动给上级部门写了一份申请，提出要到更艰苦、更需要军医人员的野战部队医院去。

很快，马旭的"请战"申请获得批准。她被选调到野战军原15军某师部医院工作。也就在这个时期，她和颜学庸共同栽培的爱情之树，也开出了美丽的花朵。曾经并肩战斗过、有着共同的志趣和理想的志愿军战友，喜结连理，又成为志同道合的革命伴侣。

新婚之日，两位青年军人竟然心有灵犀，做出了一个共同的决定：把两个人的日常生活费用尽量减到最低的限度，这样可以把节省下来的薪水存起来,等合适的时机回报给各自的家乡。

婚后不久,马旭无意中听到一个消息:她曾战斗过的那支英雄的老部队,正在组建新中国的空降兵部队。

经过多次申请,马旭终于从野战军医院回到自己心心念念的老部队,作为军医担任跳伞训练的卫勤保障。看着战友们一个个翱翔蓝天,马旭强烈要求上级领导也允许她参加跳伞训练:"部队同志都跳伞了,我这个军医不能随他们一起去,不成废物了?"

上级领导最初担心瘦小的她跳伞有危险,但还是被马旭的执着打动了,批准她参加空降兵考核。经过刻苦训练,马旭终于成为新中国第一批女空降兵中的一员。第二年秋天,她正式登机跳伞。

此后二十多年间,她先后执行跳伞任务一百四十多次,创造了三项骄人的纪录:新中国伞龄最长的女兵、跳伞次数最多的女兵、执行空降任务年龄最大的女兵。

1967 年的一天,马旭迎来了自己一生中最激动、最庄严的时刻。她站在鲜红的党旗下,激动地举起右拳,庄严地宣誓:"我志愿加入中国共产党……"

三

马旭在战火中的青春故事,还有她作为新中国为数不多的跳伞女兵的跳伞故事,我在这里暂不详述。我要讲的是她与自己的战友、伴侣颜学庸在离休之后,一起用爱心完成的另一些"感动中国"的故事。

为了支持马旭的跳伞事业,颜学庸和马旭心心相印,年轻时就一起做出了放弃生养小孩的决定。

离休后的数十年来，夫妻两人几次婉谢了部队安排的宽敞舒适的住房，选择在武汉市远郊、黄陂木兰山下的一处普通的农家小院安度晚年。在一个僻静的小院里，马旭和老伴过着静谧的乡居生活，倒真像是古代先贤颜回的故事："一箪食，一瓢饮，在陋巷，人不堪其忧，回也不改其乐。"

"我们平时吃的蔬菜都是自己种的，这样既省下了买菜的钱，也能锻炼和活动一下身体，一举两得呢。"看上去，老两口都很享受这种自给自足的俭朴生活。

走进低矮的平房，光线陡然昏暗起来。屋里几乎没有什么像样的家具，墙面许久未刷，部分墙皮剥落，露出斑驳的砖体。时间在这里仿佛按下了暂停键，停留在二十世纪七八十年代。

一张有点摇晃的小方桌，是两位老人的饭桌，也是他们读报、写文章、贴剪报用的工作台。一台柜式小冰箱嗡嗡地运行着，漆面露出锈迹。墙角的旧书柜里，塞满了书籍和文件资料袋，每一个资料袋上，清晰地标记着里面装的内容：有医学知识剪报，有空降兵训练报道，有时事学习资料，还有一些科普知识……再往房间内走，一张破旧的硬板床铺着发黄的被褥，床头和床尾堆了满满当当的书籍。

两位老人的一日三餐也特别简单。早餐一般是两个馒头，一杯牛奶；午餐和晚餐，通常就是将自己种的蔬菜"一锅煮"，有时候也切点肉丝放里面。

"这么简单和清淡的饮食，营养能够吗？"对此，马旭笑着说："我们都是学医出身，吃得虽然简单，但摄入量能够满足身体的基本需求。再说了，少吃一些油盐和大鱼大肉，反而有利于身体健康。我们都是快九十岁的人了，你们看，身体都还不错吧？"

马旭时常跟丈夫念叨着："在朝鲜战场上，吃一口炒面粉，抓一把雪,就是我们志愿军战士的一顿饭了。如今生活已经好太多了,还有什么不满足呢?"

每一次"出镜",两位老人的服装都极具"辨识度":就是干休所配发的"空军蓝"迷彩服,这是他们心中永远热爱的"职业装"。

"穿着这身迷彩服,不论什么时候,不论走到哪里,我们都时刻会记着,自己是一名老战士。"马旭刚说完,老伴就笑着接话说:"这也叫'情侣装'嘛!"

马旭还有一双早已磨破了皮的黄色长筒靴,这也是她少有的一件"奢侈品"。"我们俩平时穿的都是以前部队给配发的军装和军鞋,这些衣服鞋子质量好,哪怕旧了破了,补一补,修一修,还能够穿好久。"马旭老人掐着手指,算了一笔账。

仔细地了解了两位老人的日常生活后,我们就不难想象了,马旭老人捐给家乡那 1000 万元巨款,是两个人用每一天的省吃俭用、近乎吝啬般地克扣着自己,一点一滴地省下来、积攒起来的。

"当过兵的人,老了也是一名'老兵',老了也要为国家、为社会多做点贡献。这才是我们作为共产党员的、当革命战士的初心和本分!"

四

马旭说自己一生都是"木兰的女儿"。她的家乡是黑龙江省木兰县;她的后半生依然是一位"木兰人",与一座名叫"木兰"的大山和山脚下一个名叫"木兰"的湖泊朝夕相处。

不过,马旭心中念念不忘的,是远在 2500 公里之外的家乡、革命老区木兰县。"我是喝着木兰达河水,吃着木兰达河畔和鸡冠山上的野菜长大的,家乡的恩情,我一辈子也报答不完!"她说。

虽然离开家乡多年,但她时刻都在关注着家乡的消息。像全国各地一样,改革开放四十多年来,木兰达河两岸早已发生了翻天覆地的巨变。有时候,从新闻上看到来自家乡的好消息,她一整天都兴奋不已,甚至彻夜难眠。

"你不是一直想着要为家乡做点贡献吗?"颜学庸爽朗地笑道,"是到了我们去做点什么的时候了,依我看,晚做不如早做。要趁着一息尚存,我们自己把最后的'战场'打扫好!"

"嗯,你这个比方打得很恰当。我们把自己的'战场'打扫好,不给后人添麻烦。"马旭说,"没有家乡送我出去参军,就不会有我的今天,所以我一直想为家乡做一件稍微能拿得出手的事儿。"

"要得,要得嘛!"老伴拖着浓重的四川乡音说,"老马同志,这就叫'老骥伏枥,志在千里;烈士暮年,壮心不已'!"

那一晚,两位老人一会儿回忆过去的战斗生活,一会儿又聊起报纸上脱贫攻坚的报道,真是思绪万端、感慨万千。

最后,两位老人商定,要拿出几十年来两人所有的积蓄,捐献给马旭的家乡木兰县,为家乡的青少年教育事业做点贡献。

1000万元,是马旭在心中默默定下的目标。马旭也曾征求过颜学庸的意见:"这些积蓄,要不要也捐给你的家乡一半?"

颜学庸摇摇头:"积蓄分开了,也许就变成了杯水车薪,顶不了多大的事,还是合成一股绳子,也许能顶上点事,发挥点作用。"

1000万元,就个人积蓄来说,当然不是一个小数目。很多人看到这里,也许不免会感到好奇,甚至惊讶:这两位老人,是从哪儿来的这么多钱呢?

其实,老两口的积蓄一是来自工资存款。马旭从入伍后领到第一个月津贴开始,就一分一毫地节省着用,几块钱、几毛钱地积攒起来。甚至包括当年她参军出发前,妈妈缝在她衣袋里的一枚铜圆,后来她也兑换成了人民币,存进了银行。

另一部分收入,来自两位老人多年来不断钻研技术,改进空降兵跳伞时的护理装备,因而陆续获得多项这方面的发明专利。按照规定,这些发明专利也为他们带来了一定的收益。

还有一些收益,来自两人时常在军内外报刊上发表的科普文章稿费及著作版权收益。再加上存款利息及短期理财带来的收益,可以说,马旭给自己定下1000万的捐献目标,还是十分"有底气的"。

这笔积蓄,是马旭和颜学庸用毕生的克勤克俭,像双燕衔泥一样,一点一滴地积累起来的;这笔捐款,也凝聚着马旭老人感恩家乡、回报家乡的长情大爱。这份爱,比木兰达河流淌不息的河水更长更深,比巍峨的鸡冠山更高。

说起自己的这份捐献,马旭只是淡然一笑:"这是我对家乡的教育和木兰的孩子们的一点点心意,希望孩子们能获得知识的力量,寻找到人生努力的方向。"

五

我查对了一份剪报,早在1995年7月,《解放军报》曾以《高原跳伞有了供氧背心》为题,报道过富有多年跳伞经验的女空降兵马旭的科研发明成果。

例如,她1989年研发的用于保护伞兵脚踝的"充气护踝",是中国空降兵获得的第一个专利;1995年研发的用于高原跳伞使用的"供氧背心",光是图纸就画了六百多次,试验了上百次才获得成功。这项小发明也获得了国家专利,而且填补了空降兵高原跳伞安全措施的一项空白。

2019 年 2 月 18 日,中央电视台"感动中国"2018 年度人物颁奖典礼,再度吸引了全国观众的目光。

马旭,这位个头瘦小、满头银发、身穿空军部队迷彩服的老奶奶,在少先队员的簇拥下,平静地走上舞台中央,接受了主持人诵读的向她致敬的颁奖词:

> 少小离家,乡音无改,
>
> 曾经勇冠巾帼,如今再让世人惊叹。
>
> 以点滴积蓄汇成大河,灌溉一世的乡愁。
>
> 你毕生节俭,只为一次奢侈。
>
> 耐得清贫,守得心灵的高贵。

这是全国亿万观众评出的"感动中国"2018 年度人物的荣誉,马旭奶奶当之无愧。在颁奖现场,她和老伴像平时一样,仍然一人一身质朴而又威武的迷彩服。

主持人笑着问她:"阿姨,还有几个月,听说您还有几百万,也到期了?"

老人轻轻笑了笑,说:"是的。"

"是不是还得去一趟银行?"

"是要去呀!等所有捐款都到了我家乡,我就放心了。"

"阿姨,一会儿您可以对着镜头说一句,他们(木兰县)该咋花这笔钱,您可得给他们嘱咐两句。"

老人真诚地说道:"因为我在老家时就是个穷孩子,我希望我这个钱捐给我家乡的穷孩子们,希望他们得到良好的教育,有了知识就有了财富,有了财富更有知识,这样才能良性循环。"

马旭捐助家乡儿童教育事业的心愿,确实就是这样简单和朴素。主持人动情地说:"谢谢您!家乡的孩子们一定也爱你们!"

对于被评为"感动中国"年度人物,马旭说:"这样一件力所能及的平常事,没想到在大家眼里成了大事,还给我这么高的荣誉,我感到很惭愧。"

六

为什么还会感到"惭愧"呢?这是因为,马旭和老伴时常想起那些在朝鲜牺牲的志愿军战友。

有一阵子,有一位志愿军战友的故事,相继被媒体披露了出来。一般人看到了,也许会有所感动,但可能不会像马旭和颜学庸夫妇一样,内心里久久不能平静。一连几天,两人都放不下这两件事,或许也直接导致了两人有了捐款助学的打算……

当年,在朝鲜战场上,黄继光、邱少云和许多坚守上甘岭的志愿军英雄,都是一边喊着一位战友的名字,一边前仆后继地冲上阵地的。有一位战友名叫柴云振,四川岳池县人,是志愿军 15 军 45 师 134 团八连的一个班长。1951 年 5 月,柴云振这个班坚守在一座山峰,担任阻击敌军北上的任务。这次阻击战,柴云振和战友们打得勇猛顽强,守住了三个山头阵地,还炸毁了敌军两座碉堡。身负重伤的柴云振,成了战友们心中的"钢铁英雄"。但由于战斗还在激烈的进行中,负伤的柴云振被背下了火线,随同大批伤员,转到后方的医院去了,从此就跟原来的部队失去了联系。

为什么会失去联系呢?原来,柴云振在后方医院经过一年的治疗和养伤,虽然痊愈了,但因为他的右手食指被对手咬断了一截,无法再扣动扳机。当时他没有丝毫邀功的想法,唯一想到的就是自己不要成为连队的负担。于是,这位心地简单和质朴的志愿军英雄,拿着一张三等乙级残废军人证书,默默地离开部队,回到四川岳池老家种地去了。

1952年,中国人民志愿军总政治部发布第一号命令,授予了柴云振特等功臣、一级战斗英雄的光荣称号;柴云振所在的部队也成为赫赫有名的英雄部队;柴云振所在的八连,也被评为"特功八连"。但是,属于柴云振个人的那枚金灿灿的勋章和立功证书,却一直无人领取。因为他和部队已经失去了联系。在当时的战时环境下,有的战友猜想他可能已经"光荣"了,所以,朝鲜军事博物馆的展厅里,一度还挂起了他的"遗像"。

此后,中国、朝鲜双方一直都在寻找这位"失踪"了近三十年的志愿军英雄。1984年,就像大海捞针一样,人们终于在柴云振的老家农村找到了他。原来,柴云振回到家乡后,从未主动向人提起过自己有过什么功绩,所以家乡的百姓,甚至连柴云振的儿子,只知道他是一位志愿军老兵,却丝毫没有想到,他是一位战功赫赫的战斗英雄。

直到家乡的人们看到报纸上刊登出一则寻找英雄柴云振的"寻人启事",大家才发现,已在家乡务农三十多年的柴云振是一位深藏功名的老英雄。

面对突然出现的荣誉和人们的惊讶、敬佩与称赞,憨厚质朴的柴云振没有任何居功自傲的想法。他对家人说:"想想那些牺牲了的战友,我能活到今日,已经十分知足了!"

"失踪"的英雄找到了,他的事迹迅速传遍了大江南北。当年的老部队也热情地把柴云振请回去,为干部战士们讲传统教育。但是,讲完了,参观了老部队的巨大变化后,柴云振憨笑着感谢老部队的挽留,很快又回到了自己家乡,继续过着普通人的日子。

"荣誉属于祖国和人民,我只有多做贡献来报答。"面对荣誉、赞誉和鲜花,柴云振这样真诚地说道。

"老颜你看,柴云振他说得多好!这就是我们志愿军战友的本色呀!"马旭把柴云振的事迹看了一遍又一遍,不断地和颜学庸交流着自己的感受。

"真正的英雄,不论走到哪里,都不会失去英雄的本色。我们应该为有这样的好战友、好同志感到自豪、感到光荣哪!"颜学庸也被柴云振的事迹深深感动了,端着报纸对马旭说,"我们这两位志愿军老兵,也得好好向柴云振同志学习。"

"是呀是呀,怎么学才能学到实处,才能为党、为国家、为人民多贡献一点力量,多做点实事,报答党对我们的教育,报答人民对我们的养育,我们是要好好想一想哪!"马旭若有所思地说。

除了柴云振的故事,还有一件事,也让马旭夫妇感慨不已。那是另一位上甘岭英雄孙占元和他的战友易才学的故事。

易才学亲眼看到了自己的排长孙占元牺牲的那个时刻,所以一直到晚年,易才学仍然念念不忘自己的老排长。每年祭祖时,易才学总不忘带着儿辈和孙辈,给孙排长敬上一炷香。

2014年,在易才学去世后,他的几个儿孙辈后代,特意从老家贵州来到孙占元烈士的老家河南林州市。在烈士陵园里孙占元的塑像前,易才学的儿子从随身携带的纸盒里,拿出一双崭新的皮鞋,敬献在塑像前,含着热泪说道:"孙伯伯,我们来给您送皮鞋了!"

原来,易才学一直记得孙排长生前跟他讲过的一个愿望,那也是他们在战争年代里的一个美好的憧憬:如果将来能穿上一双皮鞋,站到天安门前照上一张相,回家再娶上个媳妇,那该多么幸福啊!

现在,老人让后辈专程来到老排长的家乡,偿还这个心愿来了。易才学的儿子还从包里掏出两抔泥土,说道:"孙伯伯,这是我父亲坟头的黄土,一抔带到您的家乡,一抔还要带到沈阳抗美援朝烈士陵园您的墓前。相信老天有灵,你们战友又能重逢了。"

易才学对英雄排长孙占元终生的感念、对儿孙辈的嘱咐,还有易家后代的举动,也被记者给报道了出来。马旭和颜学庸从报纸上看到了这个故事,内心里再次受到极大的触动。夫妇俩最终会做出慷慨捐款的决定,与这两位志愿军老战友的故事也不无关系。

七

完成了夙愿的马旭,每天依然忙忙碌碌。学校和部队单位经常邀请她去给年轻一代讲革命故事。平时,她一遍遍地学习党史、军史和时事政治,并做成小卡片带在身上,随时记忆。颜学庸担心她年纪大了,体力也不够,讲不好会被人笑话。马旭却觉得,趁着自己还能走动,就应该冲锋不止,战斗不息。

马旭在八十四岁那年,重返蓝天。这年秋天,她和老伴在湖南衡阳参加了一个重阳节活动,并且创造了中国滑翔运动史上最大年龄的单飞纪录。当时,马旭向教练员提出,想单飞一次。这个想法,着实把教练们吓了一大跳。当教练们得知站在眼前的这位八十四岁的老奶奶,是一位有着一百四十多次跳伞经历的空降兵前辈时,他们怀着肃然起敬的心情,满足了她的请求。

"我向往蓝天,向往自由。在飞起来的那一瞬间,我又体会到了以前在空中飞翔的感觉!"那一刻,她再一次想到了自己刚参军入

伍、学习文化时,读到的一个苏联少年学跳伞的故事。那个故事里有一段话,让她铭记了一辈子:

你的天空是从哪里开始的? 它也许不是从屋顶上、树梢上,或者是从云彩飘拂的蓝色气流里开始的, 而是从离地面很近的地方,从一颗勇敢的、坚强的心开始的。你的天空,是伸向云层,还是抵达群星,就看这颗心,最终能把你带往哪里了。

太行山的女儿

一

乘着歌声的翅膀,来自河北阜平太行山区的孩子们,在北京冬奥会开幕式、闭幕式演出时,在火树银花的夜晚,用天籁般纯净的童声,征服了全球亿万观众的心。

44名山里娃组成的合唱团,名叫"马兰花童声合唱团"。他们用希腊语合唱了一曲《奥林匹克颂》,成为开幕式晚会上感人至深的一幕。小团员们全部来自河北阜平县城南庄镇的普通农村家庭,最大的只有十一岁,最小的才五岁,分别在城南庄镇的五所小学里念书。其中马兰村的孩子最多。孩子们乘着歌声的翅膀飞出大山,像一群快乐的小鸟,像一群美丽的小天鹅,栖落在世界面前。这群被音乐和梦想养大的孩子,从此也被全国乃至全世界的观众所知晓。

北京冬奥会开幕式演出结束后,孩子们回到阜平休整了几天,然后合唱团原班人马再次悄悄返回北京,投入到冬奥会闭幕式演出的排练中。闭幕之夜,在奥林匹克会旗缓缓降下的环节,这44朵小小的"马兰花",身穿美丽的"冰雪蓝",再次绽放在冬奥会的大舞台上。人们熟悉的希腊语《奥林匹克颂》的童声再次响起。孩子们用充满童真的歌声与微笑,为来自世界各国的冰雪健儿祝福和送别。马兰花童声合唱团也是北京冬奥会上唯一的一支从开幕式又返场参加闭幕式的演出团队。而用音乐为小山村的孩子们插上梦想的翅膀的人，是一位杰出的音乐教育家、一位红色革命者的后代邓小岚奶奶。在这之前，几乎很少有人知道，为了这个梦想，她付出了18年艰苦的努力。

二

2017年，我就着手创作了以邓小岚和马兰村的孩子们为主人公的图画书故事《马兰的歌声》。那时候，邓小岚和孩子们的故事还没有走进大众的视野里。

这个故事，我曾写过两稿。最终读者看到的那一稿，文字较短，大量的叙事文字被图画取代了，我觉得有点遗憾。我的原稿里的文字量和主题容量比较大，但因为图画书形式的限制，不得不忍痛割舍了很多内容。所以，我在图画书最后附录的一篇创作谈里，特意写了这样一句话："也许，一本图画书的简约的文字，无法传递出马兰村的歌声里的丰饶与神奇。"这是我内心里最真实的一点"遗憾"。

让我备感欣慰的是，早在大多读者还并不知道邓小岚和这群孩子的故事时，我就用这本图画书，向全国的读者、特别是小读者讲述了邓小岚和她亲手创办的马兰儿童小乐队与马兰儿童音乐节的故事。这本图画书也得到了邓小岚的认可，她为这本图画书手写了一页"卷首语"，印在这本书的前面：

中国共产党人浴血奋斗赢得了民族解放，建立了新中国，是为了要全国人民都生活得幸福快乐。

我要为缺失了歌声的孩子们带去音乐，让他们和音乐成为终生的朋友。

　　我相信孩子们在音乐的陪伴下，会更加健康快乐地成长，会更加热爱我们的祖国。他们的一生都会自强自信，生活得幸福快乐！

邓小岚　2019 年 10 月

　　这篇卷首语虽然短小，却提到和"补充"了我前面说到的忍痛割爱的一部分内容。那么，在图画书里没有得到充分展示的，是哪部分内容呢？

　　当邓小岚和她创建的马兰儿童小乐队、马兰儿童音乐节的故事，像一支金色的乐曲，飞出了太行山褶皱里的小山村，飞出中国，在世界各地热爱和平、热爱音乐的心中依依飞翔之时，大多数人可能仅仅关注到，这是一个美丽的音乐故事，是一个温暖的感恩故事，是贯穿着一个小女孩从童年到老年的记忆和牵挂的生命故事。

　　其实，在这个故事背后，还有一段铭刻着先辈们血与火记忆的奋斗岁月。或者说，这是一个凝聚着中华民族同仇敌忾、奋起抗争、救亡图存、自强不息的"奋斗故事"。

三

　　马兰村，是隐藏在太行山深处的一个小村庄。春天里，小村四周开满了白色的梨花和紫色的藤萝花。到了秋天，满山的野板栗树和柿子树的叶子，会被阳光晒成金黄色、深红色和琥珀色。每天傍晚，炊烟升起的时候，乡亲们会赶着他们的牛羊，从山冈上回到小小的村庄里。这个小村庄是邓小岚出生的地方。

小岚的父亲邓拓同志，是一位青年时代就投身革命队伍的新闻战士，当时是《晋察冀日报》的社长兼总编辑；小岚的母亲丁一岚同志，是《晋察冀日报》的工作人员。

1942年3月7日，这一对革命恋人和战友，在平山县南滚龙沟村的一间农家小屋里，举行了一个极其简朴的婚礼，正式结为夫妻。第二年，在阜平县一个名叫马兰的小山村里，他们的宝贝女儿呱呱坠地了。

小岚出生后不久，父母亲把她寄养在马兰村一户老乡家里，扛起背包奔赴前线去了。当时，抗日烽火正在熊熊燃烧。日寇对我太行山根据地进行了三个月疯狂的"大扫荡"，太行山军民在草木萧萧的山坳里，度过了抗战以来最艰苦的一个时期。

小岚是吃着太行山母亲的奶长大的。在马兰村老乡家的土炕上，在太行山老爷爷古铜色的脊背上，在小毛驴驮着的柳条筐里，在村里的大哥哥的肩膀上……她像太行山中那些漫山遍野的、在风雪中挺立的野柿子树，从一株小小的幼苗，一天天长成了坚强、挺拔、枝叶纷披的青翠小树。

抗战胜利后，爸爸妈妈回到马兰村，把她接回了北京的家。乡亲们用小毛驴驮着她，一直送到了村外很远很远的地方。

为了感念马兰村对女儿的养育之恩，感念太行山腹地的这个小村庄在战争年代为革命做出的巨大牺牲，邓拓后来就以马兰村的谐音"马南邨"，作为自己的一个笔名。

四

邓小岚第一次重返马兰村时，还并没有想到用音乐去改变这里的孩子的命运。她当时是为了完成爸爸、妈妈一个未了的心愿——在村口立起一座简朴的纪念碑，纪念60年前被日本侵略者杀害的19位乡亲……

那是一段残酷和悲伤的记忆。在她出生后不久，她的父母亲所在的新闻机关也跟随大部队转移了。大雪纷飞的冬天里，侵略者包围了马兰村，逼迫乡亲们说出八路军的去向，说出抗日领导机关转移到哪里去了。可是，在侵略者的刺刀下，乡亲们报以冷冷的沉默，没有谁向侵略者吐露过半点秘密。最后，疯狂的侵略者枪杀了19位无辜的好乡亲……

侵略者夺走了他们的生命，但是，乡亲们不畏强暴、保家卫国的故事，在马兰村一代代孩子的口中传颂着。

马兰村本来是有歌声的。邓小岚的妈妈当年也曾站在村口的老槐树下，挥动着手臂，教老乡们和孩子们唱过这样的歌：

> 红日照遍了东方，
> 自由之神在纵情歌唱。
> 看吧！千山万壑，铁壁铜墙，
> 抗日的烽火燃烧在太行山上……

可是，火烧雷击过的老槐树啊，就像战争中留下的孤儿。有多少痛苦的创伤，都收藏在马兰村和老槐树沉默的记忆里。不知从什么时候起，马兰村里再也听不见乡亲们和孩子们的歌声了。

于是，从2004年春天开始，为马兰村找回失去的歌声，就成了邓小岚心中分量最重和最真诚的一个梦想。

当时，村小学的校舍实在是破落不堪。她一回到北京，就发动家人和朋友出资捐助,为村小学重新修建了七间漂亮的校舍。从教室、宿舍到卫生间,都是她自己设计的。它们就像七座美丽的童话小屋,出现在高高的太行山深处。

之后她又一次次往返北京,把家人和朋友们用过和捐赠出来的各种乐器,带到了马兰村。马兰村的孩子们,也第一次认识了手风琴、小提琴、吉他和曼陀铃。

在小学校洒满阳光的操场上,她按着手风琴,开始了她和马兰村孩子们的第一堂乡村小学音乐课。她也教孩子们如何用一片小小的叶笛、用一支绿色的草哨,吹出美丽的音乐,吹出对家乡和大地的赞美。

五

我去奥地利旅行时,曾特意去过电影《音乐之声》里的女主人公带着孩子们学习音乐的那座城堡前的草地徜徉过。所以,一接触到邓小岚和孩子们的故事,我马上就像想到了《音乐之声》里的场景和女主人公教孩子们唱的那首歌《哆来咪》。

我在写邓小岚和孩子们的故事时,也这样想象着,在小学校洒满阳光的操场上,她按着手风琴,教孩子们学习音乐的场景,跟《音乐之声》里的场景几乎一模一样。而且,她也熟悉了从北京到马兰村沿线的每一个小站、每一条隧道、每一片田野。

在巍巍太行的山冈和田野上,在小河畔的牧童们的牛背上,在黎明时分的鸡啼声里,在傍晚时淡淡升起的炊烟里……她找到了自己的"初心"。她还把已经退休的老伴也邀请到了马兰村。他们一起在马兰村组建了第一个小乐队,一起创建了马兰儿童音乐节。

他们带着太行山的新一代孩子,在芦花飞舞的山冈上唱歌,在悬崖飞瀑和山泉边唱歌,在历尽风霜的老槐树下唱歌,在村口的那座纪念碑前唱歌,也在小操场上迎风飘扬的国旗下唱歌……

她坚信,太行山的乡亲们不是没有笑容和歌声的。美丽的春天,总会融化冰河,唤醒沉睡的山谷和盛开的杜鹃。

她曾经应诺过孩子们:"等你们把琴、把歌练好了,我带你们到北京去演出。"现在,这个应诺兑现了。2014年秋天,七十岁的邓小岚迎来了人生最幸福的一个时刻。她带着马兰小乐队的孩子们,第一次来到了美丽的天安门广场,走进了灯光辉煌的电视台演播厅……

六

马兰村的歌声里,有快乐的童谣和悠扬的牧歌,也有曾经响彻这片山谷间的嘹亮战歌。伟大的音乐就像和煦的阳光和润物无声的雨水,使太行山孩子们的童年变得灿烂茁壮和欣欣向荣,也治愈着过去年代的创伤。马兰村的歌声里,有远去的时代的声音,也有对现实生活的歌咏。神奇的音乐,在孩子们和乡亲们的日常生活中,在太行山的青山绿水间荡漾、飞翔,它们用跳动的音符、飞扬的旋律,呼唤和影响着孩子们的成长,唤醒了他们对家乡的土地、对祖国山河的热爱与自豪感,也引导着一颗颗幼小的心,从狭窄、犹豫和脆弱走向博大、坚定和坚强。

美好的故事就是光明。我希望,读者们能从邓小岚和马兰村的孩子们的故事里,找到光明,感受到音乐和歌声所具有的涤荡人心、润物无声的力量。就像音乐家舒伯特在一首乐曲里所赞美的那样:

　　　　你,可爱的艺术,在多少暗淡的光阴里,你安慰了人们生命中的痛苦,把我带进美好的世界中,让我听到了永恒的生命在跳动;每当你把琴弦拨动,发出了一阵甜蜜圣洁的和声,使我幸福得好像进入天堂。你,可爱的艺术,我衷心感谢你……

这其实也是邓小岚用音乐艺术培养孩子们的自强与自信心的初衷。事实证明,伟大的音乐是具有这种强大的治愈力量的。细心的读者一定会注意到,我在《马兰的歌声》结尾写下的一段文字:"我知道,总有一天,我会老去,老得再也走不动了。但是美丽的音乐永不消亡,马兰村的歌声,再也不会失去了。它将永远伴随在马兰村的乡亲们和一代代孩子身边。"

在我最初的文本里,接着还有这样一段:

> 那时候,小小的马兰村,也许就是我最后的安息地。我会躺在这里,和我熟悉的乡亲躺在一起。一棵棵山杨树和野板栗树,将友好地守护在我的身边。草丛里的蟋蟀,请你在月光下,轻轻地为我们每个人奏响温柔的安魂曲。我会在一代代孩子的歌声里,深情地祝福每一个活着的人。

这段文字,最终没有出现在故事里。但是,似乎是"一语成谶",2022年3月22日凌晨,邓小岚奶奶因为突然摔倒,引发脑血栓,在北京不幸去世了……

十天之后,在中国人都十分注重的传统节日清明节前夕,邓小岚的家人对外透露,邓小岚的骨灰将安葬在太行山中阜平县的马兰村。

虽然邓小岚生前并没有留下这样明确的遗嘱,但她曾向家人和马兰的乡亲们流露过这样的想法。阜平县乡亲的心愿与她生前的想法也不谋而合，所以，邓小岚奶奶的墓地，就选址和修建在马兰村边，也是当年《晋察冀日报》在抗日战争中牺牲的七位革命烈士的身旁。

七

邓小岚的墓茔，是由北京的几位设计专业的教授精心设计的。一块朴素又庄重的墓碑，矗立在马兰村静静的山谷间。墓碑正面镌刻着"邓小岚之墓"几个字；碑上镶嵌了一把邓小岚生前最喜爱的小提琴。小提琴声曾伴随了她成长的历程，为她排解过孤独与忧愁，现在仍然在慰藉着她美丽的灵魂。墓碑上还镌刻着邓小岚生前说过的一段话：

> 音乐就像朋友，无论快乐与忧伤，只要你不放弃她，她永远都不会离开你。通过学习音乐，对自然、对祖国、对家乡的爱会沁入到孩子们的灵魂中。教孩子们音乐使我收获了极大的快乐！

墓碑背面是邓小岚的生平介绍，文字很简单，其中特别提到她童年的经历：

> 出生在艰苦的反扫荡岁月中，太行山母亲的乳汁哺育了她。还有她退休后的壮举：2004年退休后来到马兰义务辅导山村孩子学习音乐，默默坚守18年，2022年孩子们在第24届冬奥会上演唱奥林匹克会歌，纯净的歌声感动世界。

2022年4月18日，梨园

林中空地的光

绿树枝

秋空爽朗的午后,我们来到离莫斯科约有两百公里、位于图拉州的雅斯纳亚·波良纳庄园。

这是列夫·托尔斯泰的故乡,是他出生、成长、思考和写作的地方。这里有他耕耘的田野、散步的树林,有他的书房、客厅、餐厅和起居室,还有他喜欢的谷仓。这里,也是他生命和灵魂的最后安息地。

庄园四周的田野上,长着很多低矮的老苹果树。有的苹果树还是托尔斯泰当年亲手种植的。树上结满了红苹果,熟透的苹果落在树下的草地上,成了伯劳、知更鸟、白嘴鸦和椋鸟们的午餐和晚餐。

辽阔的田野上空,飘浮、舒卷着大团大团的云朵。洁白的云朵组成一座座缓缓移动的棉花垛。高大的白桦树安静地站在田野边缘和远处的土路边。

老年的托尔斯泰喜欢穿着宽松的白布袍子,拄一根手杖,在这样的云朵下徒步,风雨无阻。走累了,他就倚靠在一棵粗大的橡树或椴树上歇息一下,然后回到庄园里,坐在安静的谷仓边读书和写作。

走在深秋时节的田野上,我不时观察脚下,心里暗暗期待着,能不能幸运地发现插在地上的一根"绿树枝"呢?

托尔斯泰刚满五岁时,他的哥哥尼古拉给他讲了一个"秘密",

说是如果谁发现了这个"秘密",那可不得了,所有的人都能得到幸福,不再生病,不闹别扭,谁和谁也不生气,所有的人都将彼此相爱,世界上再也没有贫穷、疾病和仇恨了。

哥哥还告诉他,这个"秘密",写在一根"绿树枝"(有的翻译家也译作"小绿棍")上,就埋在庄园附近的田野里,要不就是埋在附近某个地方的沟沿上,谁找到了它,谁就能给所有人带来幸福。

"绿树枝"的故事,让幼小的托尔斯泰心驰神往。他从小就相信,世界上真有这么一根绿树枝,埋在自己家庄园的某个地方。为此,在整个童年时代,他多次悄悄去田野上、沟沿边寻找。

寻找这根神奇的绿树枝,不仅是托尔斯泰童年时代最爱做的游戏,也成了他一生的使命和梦想。人们说,这位伟大的文学家和人道主义者,毕生都在寻找那根能给世界带来幸福、健康、友爱与和平,能让世人摆脱贫穷、疾病与仇恨的"绿树枝"。

托尔斯泰后来这样写道:

> 我那时就确信有这么一根绿树枝。它上面写着应该消灭一切人间丑恶,应该给人们以善良。到现在,我还坚信,这个真理是存在的,它将被人们发现,而且将带给人们它所答应赐予他们的一切。

托尔斯泰长大后,当然明白了世界上不可能真有这么一根童话般的绿树枝。像一个农民一样,他在广袤的田野上扶犁耕耘,当然不再是为了翻找那根绿树枝。不过他始终相信,世界上应该有自由、平等和博爱的真理,善良、幸福、和平与人道主义应属于所有人,包括那些贫穷和饥饿的人。

盘桓在托尔斯泰耕耘过的土地上，我想到多次画过托尔斯泰的画家列宾，想到了列宾那幅托尔斯泰扶着犁耙在阳光下的田野上耕耘的油画。

列宾画布上的田野，不就是此刻我站立的这片田野吗？我想到，最伟大的作家和艺术家，不都是那些寻找绿树枝的人吗？美好的故事就是光明。最美好的书，也应该给人们带来幸福、梦想和光明，能够指引人们找到快乐和幸福，给人们送去实现梦想的信心和力量。

热爱文学，相信文学，并且愿意付出自己的一生，去寻找那根能让人们摆脱贫穷、疾病与仇恨，能让所有人过上好日子的绿树枝——这，就是文学的力量，也应是所有作家矢志追寻的理想。

托尔斯泰的树林

世界上没有不美的森林和小树林。托尔斯泰故乡的树林——或者干脆说是托尔斯泰的树林，更加让我觉得美得无法形容。

深秋时节的树林，正慢慢脱下它深红色的衣衫。在爽朗透明的阳光里，深绿色、浅绿色、金黄色、浅黄色、深红色、酒红色、琥珀色的树木和树叶，色彩缤纷，层次分明，看上去就像一幅幅美丽生动的风景画。

雅斯纳亚·波良纳森林里的树，有高大的橡树和桦树，也有很多巴乌斯托夫斯基在他的散文里经常提到的"野生的小树"。

我问一位俄罗斯朋友这里的森林为什么会这样美丽，他解释说，因为这里的森林和小树林大多是阔叶混交林，橡树、榉树、枫树、朴树、椴树、松树、榆树、栗树、白蜡、白桦、银杏、野樱……都有各自的生长空间，都有各自不同的吐绿、转黄、落叶和返青的时节，都各自自然健康地生长。

而且每一片树林里,总会有一些明亮的池塘、溪流和泉水,再加上空气明净,枝叶缝隙里的天空湛蓝透明,每一缕照耀进森林的阳光,都那么纯净耀眼,尤其是雨后,走进任何一片树林,满眼都是水晶一般的"林中水滴"。

是的,我想起来了,"林中水滴"是普里什文、巴乌斯托夫斯基等俄罗斯散文家们经常使用的词语。巴乌斯托夫斯基曾自豪地说:

> 自然中存在的一切——水、空气、天空、白云、太阳、雨、森林、沼泽、河流和湖泊、草原和田野、花朵和青草……在俄罗斯语言中,都有无数美丽的字眼和名称。

不过,他还向人们"卖了个关子":当然,俄罗斯语言,只对那些无限热爱自己的人民,而且感觉得到这片土地的玄奥之美的人,才会全部展示出它真正的奇妙和丰富。

在托尔斯泰的树林里,我惭愧地感觉到,我无法用精准的语言来描述这树林的美,尤其无法描述照进树林的那种纯净、透明、耀眼的光线。这并不是因为我所使用的母语——汉语的词汇不如俄语那样富有奇幻性和丰富性,相反,我坚信,我们的汉语是世界上最美丽、最丰富和最具有描述力与表现力的语言,没有之一。置身在如此林木婆娑、光影斑驳、色彩繁复的树林里,我只恨自己的语言描述能力实在有限,无法捕捉这光影交错的林叶之美。

所以我又想到了俄罗斯杰出的风景画家们。也许只有杰出的画家,用调色盘上的颜色,才能准确描绘和表现出这森林里的光与影吧?

比如希施金。他被誉为"大自然的诗人""森林的肖像画家",出现在他画布上的松树林、橡树、林中野花、溪流以及林中的阳光,不仅散发着浓郁而迷人的大地气息,同时也显示着俄罗斯民族坚忍、博大、英勇、高贵的气质与精神。《在遥远的北方》《阳光照耀的松树林》《森林远方》《在森林中》……每一个热爱希施金作品的人,对这些画作都耳熟能详。

希施金擅于运用明亮的外光,表现森林的葱郁、阳光的明媚以及溪流的活泼。他笔下的每一棵树、每一朵野花,都呈现着生命的顽强、旺盛之美。在我看来,这种顽强与旺盛,几乎是俄罗斯的大自然和民族性格中所独有的。因此,希施金成为用树木和野花来歌唱自己祖国母亲的杰出的、具有抒情性的风景画家之一。

又如列维坦。他对大自然、对田野上四季的变化,有着异于常人的敏感与最细腻的发现。与希施金经常描绘雄伟、茂密和苍郁的森林不同,列维坦的风景画所表现的,多为明亮的池塘、溪流和林木稀疏的小树林,还有开满野花的田野和林中小路。

列维坦不是管弦乐队里声音低沉苍茫的圆号和大提琴,而是一把明快和抒情的小提琴。但这并不意味着音色的单一,也不意味着音域狭窄,恰恰相反,他的风景画的调子有时明快而疏朗,有时沉静而忧郁。他并不缺乏深度。他既画过抒情诗一般明媚婉约的自然风景,如《三月》《春汛》《池塘涨水》等,也画过使人感到痛苦和抑郁的"历史风景",如《弗拉基米尔路》《深渊旁》等。

盘桓在托尔斯泰的树林里,那些粗壮的、高大的、上了年纪的橡树、桦树和老椴树,让我想到了希施金;那些挺立在大树旁、身材细长的"野生的小树",还有那些热衷于旁逸斜出、恣意生长的小灌木,又让我不由得想到列维坦。

眼下虽是深秋,但树林里依旧生机勃勃,光影斑驳,没有半点落木萧萧、秋风萧瑟的景象。秋日的金色树林,和春汛时节的树林、林中的春溪、明亮的池塘一样,照样能够给人带来希望和鼓舞的力量,带来清新和光明的气息。

每一棵树的名字、形态都不相同,也没有两片相同的树叶。每一棵树,都有自己生命的年轮和风姿。即便是那些已经枯死断裂、周身覆满了苔藓的树身,也一样是森林的产物,不也是物质循环和生死交替的一部分吗?它们将会成为新生的小树所需要的养料。构成了一个健康和健全的生态。

不难想象,冬天到来时,白雪将覆盖住这片广袤的树林,一些树的枝枝叶叶将化为泥土。但是谁又能担保,这些将会变成森林肥料的腐烂的断木和深厚的林叶,不会在下一个春天到来时,变成新的生命,从泥土之下萌发出来,长出青翠的树叶,长成茁壮的枝干,甚至结出饱满的坚果,点缀这生生不息的森林。

林中空地的光

雅斯纳亚·波良纳,在俄语里是"明亮的林间空地"的意思。在托尔斯泰的树林里,纯净耀眼的光亮无处不在,但最美的光,还是在树林深处那一小块空地上。

托尔斯泰1828年出生在雅斯纳亚·波良纳。在他八十二年的人生中,有半个多世纪的时间是在这里度过的。他很喜欢自己的家乡图拉和这片庄园。他去世后,遵照他生前的愿望,人们把他安葬在雅斯纳亚·波良纳庄园的树林深处。

沿着一条安静的林中小路,穿过树林里斑驳的光与影,我来到这块明亮的空地,站在了神往已久的这个朴素的小小坟堆前。这一刻,我真切地感受到,我的心脏跳动得很快,我的血液也在加速奔涌。我说不出这是一种抑制不住的悸动,还是一种情不自禁的深深的感动。

小小的坟墓,确实如茨威格1928年前来谒拜时所见到的那样:一小块林中空地上,一个小小的、培得整整齐齐的长方形土丘,没有十字架,没有墓碑和墓志铭,甚至连"托尔斯泰"这个名字也没有。

"谁都可以踏进他最后的安息地,围在四周的稀疏的木栅栏是不关闭的——保护列夫·托尔斯泰得以安息的,没有任何别的东西,唯有人们的敬意。"茨威格这样写道。

明亮的林中阳光,安静地洒在这个干净朴素的坟堆上。坟堆上长着浅浅的野草,野草间零星开着一些蓝紫色的雏菊和别的颜色的野花。茨威格当年来时,坟墓四周还围着稀疏的木栅栏。现在,连稀疏的木栅栏也没有了。在明亮的林中空地上,坟堆向着天空、阳光、星辰和风雨,向着全世界的崇拜者和热爱者,完全敞开着。

不难想象,每一位远道而来的谒拜者,到此都会尽力放轻自己的脚步。哦,轻一些,再轻一些,就连四周的大树和小树间的风声,就连林中的鸟声和虫鸣,也显得异常轻悄。只有斑驳的林荫和树影,在空地上,在土丘上,缓缓地移动。坟墓四周的大树,见证了络绎不绝的谒拜者到此献上敬意的一幕幕情景。

当年,站在这个朴素的坟墓前,茨威格不由得联想起大理石穹隆底下拿破仑的墓穴、魏玛公侯之墓中歌德的灵寝,还有西敏寺里莎士比亚奢华的墓地。茨威格觉得,其实它们都不如托翁的坟墓这般动人,不如树林中这个只有风吟甚至全无人语的墓冢,"能剧烈震撼每一个人内心深藏着的感情"。在茨威格看来,这个小小的墓冢,是"世间最美的坟墓"。

绕着小小的土丘，我们一行人默默地依次深深地鞠躬，然后又缓缓地绕行一周，表达了深深的敬意。

那一瞬间，我想到，树林深处的这块空地上日复一日、年复一年的光亮，固然来自大自然，来自天上的太阳和星辰，但还有一种生生不息的光明，乃是来自这个小小的、朴素的土丘之下。因为，掩埋在这里的是全人类的良心，是人类最耀眼的一束文学之光，是老托尔斯泰永远不朽、永远熠熠生辉的博大的爱心。

谷仓与书房

离开明亮的林中空地，我们回到托翁的故居纪念馆——一座洁白、素净的老房子里。

1828年9月9日，托尔斯泰就降生在这座房子里的这张深绿色羊皮沙发上。今天，这张沙发依然陈列在老房子里，管理员说，它就是这位世界级文豪诞生的摇篮。

踩着古旧的木梯走上二楼，每个房间的墙壁上都挂着许多大大小小的肖像画和老照片。其中有托尔斯泰童年和青年时的样子，还有他的祖父与祖母、父亲和母亲、夫人和孩子们的肖像画。他的祖父是一位威严的公爵，也是托翁巨著《战争与和平》里罗斯托夫的人物原型。在这部小说里，尼古拉、玛利亚这两个人物形象的原型，分别是托尔斯泰的父亲和母亲。而他端庄、美丽的夫人索菲亚的形象，成了《安娜·卡列尼娜》里吉提的原型。墙上的肖像画中，还有一位美丽的少女，她是诗人普希金的女儿。据说，描写安娜·卡列尼娜外貌时，就是以普希金女儿为模特来描写的。

二楼的另一个房间的墙上，挂着许多俄罗斯杰出诗人、文学家、批评家和艺术家的肖像画，如涅克拉索夫、屠格涅夫、车尔尼雪夫斯基、别林斯基、契诃夫、柯罗连科、高尔基、列宾等。他们都是托翁同时代的好友，像一颗颗耀眼的星辰，相互映照，闪耀在俄罗斯和整个人类的苍穹中。

其中有一位名叫列昂尼德·奥西波维奇的，名字看上去有点陌生。管理员微笑着告诉我说，这个人，有一个伟大的儿子，叫帕斯捷尔纳克。她这么一说，我即刻恍然，这位奥西波维奇，是《日瓦戈医生》的作者、1958年度诺贝尔文学奖获得者、诗人帕斯捷尔纳克的父亲，人称"老帕斯捷尔纳克"。他是画家，也是托尔斯泰的好友，曾为《复活》等作品画过精美的传世插图。

在这些巨匠当中，诗人涅克拉索夫是最早发现托尔斯泰的"伯乐"。托尔斯泰二十四岁时还是一个在高加索戍边的小兵，那年，他把自己的处女作《我的童年故事》（即《童年》），第一次投寄给《现代人》杂志。当时这份赫赫有名的杂志的编辑，正是诗人涅克拉索夫。诗人读完稿子异常兴奋，立刻给这个寂寂无名的小兵回信："……故事内容的质朴和真实性都是这部作品不可忽视的优点……请您把续篇给我，无论是您的小说或是您的才华都引起了我的兴趣……"托尔斯泰收到回信，在日记里写道："编辑的来信……使我欣喜欲狂。"两个文学巨人的友谊就这样开始了。

《童年》问世后，引起彼得堡文学界一片惊呼和赞扬。当时有位名作家巴纳耶夫，走到哪里都把刊有《童年》的那期《现代人》带在身边，一遇到熟人就大声朗诵，以至于给屠格涅夫留下这样的印象：朋友们在涅瓦大街上都躲避着巴纳耶夫，害怕他就在大街上给他们背诵起《童年》来。

陀思妥耶夫斯基在流放途中读到《童年》后，写信给友人说，请务必帮他问清楚，"这个隐姓埋名的'列·尼'究竟是什么人"。倒是托尔斯泰自己，在欣喜之余，心里却不免有点小牢骚。因为按照《现代人》的惯例，作者的处女作是不付稿酬的，之后再发表了作品，才会按照该刊最高标准付酬。托尔斯泰当时是个服役的小兵，手头相当拮据，所以在日记里悻悻地记了一笔："光赞扬，不给钱。"

托尔斯泰的书房、起居室、餐室、会客厅里的摆设，都按照他生前的样子保存着。托翁的日常生活严谨而有规律，什么东西摆放在哪里，一般都比较固定，不会随意挪动。比如，他的书房里，那张樱桃木写字台一角，总是摆着一只当镇纸用的青铜小狗，在《复活》里描写聂赫留道夫的书房时，托翁就把这只青铜小狗写了进去。书桌上还有两根已经燃了多半的蜡烛。这两根蜡烛在被托翁最后一次吹熄后，再也没有人去点燃过，一直保留着原来的样子。

托尔斯泰的藏书十分丰富，一架架古朴的书柜，收藏着二十多种文字的书籍。手不释卷、博览群书的托翁，精通法、英、德三国语言，还可以阅读意大利文、阿拉伯文、古希腊文等。我仔细看着他的藏书，发现其中也有不少中国古代典籍，如《老子》《孟子》和中国的神话故事等。

老房子的每一个素净的房间、每一处无言的角落和细节，都完好地保留着托翁生活、读书、写作、会客、弹奏钢琴的痕迹。比如，起居室洁净的床铺上，摆着妹妹玛丽亚送给他的棉布枕头；托尔斯泰是一位素食主义者，餐室里，餐桌一端摆着他一个人吃素专用的餐具；墙壁上挂着的马鞭、墙角的哑铃和手杖，是他到户外运动和徒步时常用的物品；客厅一角，几张沙发围着一张圆桌，这是他和来访的好友，如柯罗连科、屠格涅夫、契诃夫、列宾、高尔基等人促膝闲谈，或是朗诵各自新作的地方;沙发一旁还有一架老式钢琴,仍然按照列宾当初给托翁所画的肖像画的背景中的方位摆放着。有时,兴致来了,托尔斯泰会给友人们弹奏一曲,悠扬的旋律飘出窗子,飘荡到雅斯纳亚·波良纳的田野和林荫道上……

老房子外的林荫道边,有一些长条木椅,每一张长条椅上都洒着斑驳的光。不难想象,托尔斯泰在构思作品时,有时会在林荫下独步,有时会坐在长条椅上沉思。

走出老房子,我也坐在一条长木椅上,享受着深秋傍晚和煦的日光,还有从远处的树林里吹来的微风。我想象,在这幢老房子的四周,在雅斯纳亚·波良纳的田野、森林和林荫道上,托尔斯泰强大的气场,或许从来就没有消散和减弱。在这美丽的光影与温和的微风里,仍然飘荡着他的呼吸……

在列宾的画笔下,雅斯纳亚·波良纳蓝色天空上飘着洁白的云朵,丰饶的田野朴素而明亮、整洁而宽阔,一如托尔斯泰这位阳光下的耕耘者的宽阔而明亮的心灵。托尔斯泰留在世上的最后一句话是:"不要再管我了,人世间比我困难的人多的是。"不知怎的,坐在长木椅上,我似乎也陷入了冥思,久久不愿起身离开,脑海里全是关于托尔斯泰的点点滴滴。

我想到年老的托尔斯泰似乎不是在耕耘着春天的大地,而是专注地、真诚地,用自己的一生,开垦着人类广漠的心灵的荒芜。我在心里不断地回味着托尔斯泰写给"老帕斯捷尔纳克"的那段话:

记住,列昂尼德·奥西波维奇,一切都会消逝——一切。王国和皇位,盖世的家产和亿万钱财,都会化为乌有。一切都在变化。我们自己,我们的儿孙,也将不会留下任何痕迹,我们的骨

头也将会化为尘土。但如果我的作品能含有哪怕一丁点真正的
艺术，它们都会永恒地活在人间。

又想起高尔基对他的评价：

　　这个人完成了真正伟大的事业：他为过去整整一个世纪的
生活做了总结，以惊人的真实、力量和美……

天涯共此时

　　玛利亚·耶稣·基尔女士是西班牙人,是不少中国孩子和家长十分熟悉的一位国际友人,也是中国文化的一位真心的热爱者和不遗余力的传播者。

　　近几年来,玛利亚女士顶着满头银丝,带着她优雅、友善的笑容,几乎走遍了大半个中国,在许多城市的公共图书馆、书店和校园里,给中国的家长和小朋友们讲故事。与此同时,她也凭着自己在国际儿童读物出版和传播界的影响力,在世界各地积极奔走,帮助联络各国的作家、插画家,一起参与由中国少年儿童出版社总社倡议和发起的"好故事一起讲"计划,对推动美好的"中国故事"在全世界范围内的广泛传播,付出了辛勤的努力,做出杰出的贡献。

　　玛利亚曾在马德里和圣地亚哥的儿童与青少年读物出版社担任编辑多年,是一位著名的童书出版人。2009年她开始担任国际儿童读物联盟(IBBY)西班牙分会主席,2012年至2014年,又荣任国际安徒生奖评委会主席。2016年,上海陈伯吹国际儿童文学奖授予玛利亚女士"特殊贡献奖"。她是中国文化的知音,也是中国儿童文学的友好使者,这个奖项对她来说当之无愧。

　　《小威的中秋节》是这位女士为全世界小读者创作的一个美丽的中国故事。记得两年前,初春时的一个午后,在位于亚平宁半岛的古朴小城博洛尼亚的一间小房子里,我满怀欣悦地读到了这个温馨的故事,并受邀把它译写成了浅近的汉语。

那个下午,在异国他乡,从故事的字里行间,我似乎闻到了故乡中秋月饼的阵阵香甜气息,也感受到了玛利亚女士对中国文化的那份好奇、热爱与尊重,那份发自一位异国女性内心深处的、富有母性的"温柔以待"。

故事讲的是中秋节这天,小男孩小威的家人都在忙碌着,准备迎接美丽的节日。中秋节是全家人团聚的节日,就连远在伦敦工作的小威的姑姑,也不远万里搭乘国际航班赶了回来,和大家一起欢度节日呢!

这是一位西班牙女士亲身感受过的,也稍微加了一点自己的想象的中秋节。故事里有这样的细节:妈妈捧出了一盒月饼,小威数完连忙告诉妈妈说:"妈妈,只有六块月饼呢!"妈妈说:"今天全家大团圆,不够吃哟。小威,你和妈妈一起去商店,再买一些月饼回来好吗?"

玛利亚很细心,多次仔细观察过,中国的月饼,每盒一般是六块居多。"为什么总是六块呢?"她曾问过我。我告诉过她说,一个完整的月饼,一般都是切成几小块,全家人分着吃,六块应该够一家人分吃了。还有,汉语里的数字"六",含有"六六大顺"的吉祥之意。这其实也是我个人的想象。

中秋节的月饼,有各种各样的馅儿,比如冰糖果仁、莲蓉、豆沙、枣泥……很多不同的口味,这些显然也引起了这位外国女士的好奇与兴趣,她当然也要把这个"小秘密"告诉世界各国的小朋友。于是故事里就有了这样的对话——

"妈妈,我们去买什么馅儿的月饼呢?"

"去买小威喜欢吃的馅儿吧。"

"啊，我最爱吃豆沙馅儿的！"

又圆又大的、金黄色的月亮，穿过轻柔的云彩，升起在夜空中，照亮了大地上每一个角落……中秋节，是一个多么美丽的中国传统节日！全家人围坐在秋风习习的夜空下，一边欣赏着皎洁的月亮，一边分享着美味的月饼、瓜果和各种美食，这时候，爷爷奶奶还会给小孩子讲一讲美丽的嫦娥、玉兔和蟾宫里的桂花树的故事……

早在两千多年前，中国伟大的浪漫诗人屈原，仰望着天空中的一轮皓月，禁不住生出各种憧憬和遐想："夜光何德，死则又育？厥利维何，而顾菟在腹？"意思是说：月亮究竟具有一些什么德性，为什么能够缺了又圆、死而复生？它又是为了什么，要把小小的玉兔养在自己腹中？诗句里的"顾菟"，也有人考证过，指的就是蟾蜍。

在中国古代神话里，遥远的、皎洁的月亮上，蒙着一层关于蟾宫、玉兔、吴刚、嫦娥和桂花树的美丽面纱，给一代代中国人，尤其是中国的孩子带来过多少美好的遐思和梦想。中国人过中秋节赏月，都和这些美丽的传说有关。可以说，中秋节不仅是一年四季里一个自然的节日，也是一个凝结着古老的传说故事，蕴含着中国人美好梦想和情怀的文化的节日。

这个节日的最特别之处，玛利亚女士当然不会忽略。于是，故事里又有了这样的对话——

小威问妈妈："为什么过中秋节要吃月饼呢，妈妈？"

妈妈这样回答："你看，月饼圆圆的，就像家人的团聚呢！"

"妈妈，您小时候也吃月饼吗？"

"当然啦，家家过中秋节都要吃月饼的，这是中国人的传统佳节。小时候一到中秋节，妈妈就会帮你姥姥做月饼，那是妈妈最盼望、最快乐的时刻。"妈妈幸福地回忆着，好像又回到了自己的小时候。

"妈妈,我可以一个人吃掉一块月饼吗？"

"小威,当然可以啦。不过,如果把月饼切成块,大家一起吃会更快乐。"妈妈笑着说。

从这些细节里不难想见,这样一个美丽和特别的节日,也让这位热爱中国的西班牙女士产生了温馨的联想,尤其是中秋节一定要分吃月饼这一点。乐于分享,心怀感恩,是人类最基本的感情和美德之一。在她的想象里,沉浸在节日欢乐中的中国孩子,一定也是乐于分享、心怀感恩的,所以,她在故事里接着想象出这样一个情节——

回到家里,小威想到了自己的朋友小凤和小夏。他们这时在做什么呢？这时候,爸爸走过来对小威说:"咱们去旁边的公园走一走吧。"小威高兴地说:"太好啦！说不定会在公园里遇见我的朋友们呢,那样正好可以祝他们中秋节快乐！"

前面已经出现了妈妈的爱,美好的节日里,爸爸的爱当然也不能缺席。于是,爸爸陪着小威来到公园里。小威果然遇见了小凤和小夏两个好朋友。他们一起来到小河边,在月光映照的河面上放起了节日的彩灯……

玛利亚曾在中国江南的一个小城里,第一次过了一个愉快的中秋节,吃到了美味的中国月饼。中秋之夜的小河边,有几个孩子在玩彩灯,给她留下了深刻的印象。于是她在故事里写下了这个细节。

一位细心的编辑朋友曾质疑说,中国人过中秋节,好像没有放彩灯这个习俗,是否要删去或修改一下？我想到尼采的一个说法:"有一种过于追究真实的观念,一点也不好玩,而且还总是伤及人们对某些可能性的想象和欣赏。"我想,在一位外国友人的观察和想象里,趁着皎洁的月色,几个水乡的小朋友一起在桨声灯影的小河边点亮各自的彩灯,让它们顺着河水向远方漂去……这样的游戏,只要能给他们的节日、他们的童年带来快乐和友爱，又有什么不可以呢？何况她写的是一个虚构的儿童故事，并非严格意义的中国节俗的知识读物。所以我在译写时，还是尊重玛利亚的观察与想象，保留了这个细节。

故事的"华彩"部分，是在中秋节夜晚来临之后。在一轮大大的、圆圆的月亮下面，小威和家人围坐在圆桌前，一边赏月，一边快乐地品尝着丰盛的美食。

姑姑看着月亮说："圆圆的月亮上有桂花树，还有玉兔和嫦娥。"

"在哪里？在哪里？我怎么没看见呀？"小威抻长脖子、睁大眼睛，盯着月亮看。

"哈哈，那是传说，当然看不见。"爷爷和奶奶笑着告诉小威。爷爷还说，"小威，现在你可以对着圆圆的月亮，许一个心愿了。"

这时候，小威捧着一小块儿豆沙月饼，对着月亮眨了眨眼睛。他会许一个什么心愿呢？

"月亮，月亮，你可以让我和妈妈——不，让我和妈妈、爸爸、姐姐、爷爷、奶奶、姑姑、叔叔，还有我的朋友们，每天都在一起吗？"小威对着圆圆的、大大的月亮轻轻地说。

"太棒啦！小威，你看，月亮好像正在朝你点头呢。"妈妈笑着说，"不过现在，宝贝，睡觉的时间到了，你该跟月亮和大家说'晚安'了。"

故事到此结束。读着这个故事，我似乎还感受到了这位外国女士对这个中国传统节日的另一种想象：中秋节来临的时候，正是一年里秋高气爽、瓜果成熟、丰收在望的季节。当小威全家人幸福地团聚在一起，一边享受着温暖的亲情、丰收的瓜果、美味的月饼，一边欣赏着圆圆的、金黄的中秋月，而眼前是被皎洁的月光照亮的家乡的湖山、塔影、树林，还有桨声灯影里的水上人家……这时候，大家不仅会在心中真挚地感恩自己的祖国、家人和朋友,还会在心中默默感恩大地母亲给予我们的瓜果、稻菽和各种农作物的收成,感恩大自然赐予我们一个桂花飘香的节日。

中国的每一个传统节日,都有自己独特的含义、习俗和故事,不同的节日里,也传递着中国人温暖、丰富和充满善爱的节日情怀。所有这些,应该都是能够给玛利亚女士,以及像她这样的很多热爱中国文化的外国朋友,带来好奇、想象与感动的"中国魅力"。

这本图画书的插画者朱成梁先生,长期生活在南京,对江南的风物、节俗和日常生活细节十分熟稔。所以,这个故事在他的画笔下,不仅细节更为丰盈多姿,而且从整体上也展现出了生活在当下"新时代"的中国人的乐观、自信和昂扬的精神状态,整个作品就像一幅桨声灯影、色彩明丽的江南风情画,也似一首花好月圆、亲情融融、天涯共此时的抒情诗。

"海内存知己,天涯若比邻"。转眼又到八月桂花飘香的时节了,亲爱的玛利亚女士,今年的中秋月饼,已经为你准备好了,欢迎你再来小威家过中秋。

玫瑰云

——回忆童话家葛翠琳老师

　　虽然时刻都在担心，也不能说完全没有心理准备，然而一旦永诀，还是难以承受心中的悲伤。2022 年 12 月 27 日，敬爱的老师在北京逝世，享年九十二岁。弥留之际，有那么一刻，她从极度虚弱的状态里恢复过来，睁开眼，思维变得清晰，对身边的护士和大夫喃喃说道："我是儿童文学作家，写童话的。"

　　是的，她是一位写童话的作家，为赤脚幼童写了七十多年，从扎着黑油油长辫子的童话姐姐，写成了白发苍苍的童话奶奶。她这一生，为儿童文学操碎了心，还有不少事情没有做完，可是她已经没有一丝力气了。她是那么爱美、爱洁净的一个人，那天午后，当她的儿子翌平与照料她的阿姨给她换了一身洁净的衣服后，旁边的仪器跳出了横线。她闭上眼睛，安静地作别了这个世界。

　　记得有好几次，在谈到自己的童话创作之路时，她跟我说，她很喜欢的一篇童话，是法国女作家乔治·桑写的《玫瑰云》。故事里讲到，一片小小的玫瑰云，是那么不安分地飘荡着、变幻着，甚至变成了浓重的乌云，遮天盖地，翻滚着、奔跑着，裹着狂雷巨闪，撕裂了天空。可是，那位历经艰难的老祖母，却把翻滚的云团抓在手中，放在纺车上轻轻地纺啊纺，纺成了比丝还细的云线。虽然眼前有狂风暴雨、山崩地裂，但她仍然镇定自如，不惊慌，不抱怨，也不叹气，只是耐心地纺啊纺，最终把所有厄运、灾难和痛苦，纺成了柔软的、温暖的丝团。"我像吃橄榄一样不断地咀嚼它,我逐渐理解了它更深的意义。它蕴含的哲理,不断在我心中回荡……"她在一篇文章里如是写下了自己对童话里这位老祖母的理解与同情:她是在捻纺着艰辛的人生。

葛翠琳老师是河北省乐亭县人,与李大钊先生是同乡。在乐亭,葛家是赫赫有名的教育世家、书香门第。她的曾祖父葛文翰,乐亭人皆尊称为"文老先生",在当地教了一辈子书,可谓桃李满天下;她的父亲葛垂绅,字笏臣,是晚清时乐亭的名人,京城师范毕业后,先为教师,后弃教从商,被推选为乐亭商会会长。

青年时代,葛翠琳考入燕京大学,读的是社会学系。大学期间,她追求光明与进步,向往革命,悄悄靠近了中共地下党组织。北平解放前夕,为了保护母校不遭敌人破坏,在地下党的领导下,她和多位同学一道,勇敢地担当起了护校任务。1948年年底,她被吸收参加了中共地下党领导的民主青年先锋队,协助地下党秘密组织燕大师生,准备迎接中国人民解放军进城。北平宣告和平解放,解放军入城当天,她和燕大的同学们兴高采烈地参加了在天安门前迎接解放军的活动。新中国诞生那年,她十九岁,燕大毕业后进了北京市委机关工作。

她曾跟我谈到,当时,一位燕大毕业生,能进入北京市委机关工作,是经过党组织再三考察和选拔出来的。可以说,一条开阔的从政之路,已经铺开在面前。可是,也正是从新中国诞生这一年开始,她竟然踏上了一条为孩子们写作的童话之路。这是为什么呢?

她给我讲过这样一个细节:1949年10月1日这天,她和北京市委机关的同事们一道,在天安门城楼下的御河桥畔参加完开国大典之后,按照事先布置,她负责带领北京市委大院的一支秧歌队,从天安门广场出发,经西城、北城、东城,参加环城游行庆祝活动。大家汗水涔涔地回到了位于台基厂的市委院子里时,个个意犹未尽,仍然沉浸在开国庆典的欢乐中。

这时,李大钊先生的侄子、时任北京市委宣传部部长李乐光同志,看到身上还绑着腰鼓的葛翠琳,就笑吟吟地对她说:"我读到了你在报纸上发表的诗和散文,你为孩子们写书吧!等到四十年之后,回头看看,一定会有不少成绩,那该多么自豪!"

年轻的葛翠琳听到这话,既感到兴奋,又有点惊讶地说道:"四十年?太遥远了吧?部长同志,新中国今天才建立,我还有三个月才满二十周岁哪!"

也就是从这一天、从李乐光同志的这一句建议开始,她真的走上了为孩子写作的道路。这一写,就写了七十多年!从在北京《新民报》和《北京儿童报》上发表儿童诗开始,她从美丽的童话姐姐,一直写到变成了慈祥的童话奶奶。她像乔治•桑童话里的那位老祖母一样,几乎毕生也都在捻纺着人生的"玫瑰云"。她把长途跋涉的劳累、艰辛与苦涩,把人生的风雨雷电埋在了心底,只把最美丽、最柔软和最温暖的丝团与云纱,献给一代代幼小者。

开国之初,她先是在中共北京市委文艺工作委员会工作。不久,北京市文联成立,她被分配到市文联工作,担任老舍先生的秘书。同时,也时常参加刚刚成立的中国作家协会儿童文学组的活动。

她也曾讲到这个时期,年轻的冰心对她的影响:第一次全国文代会后,中国作家协会成立,设立了儿童文学组,冰心、张天翼担任组长,带着她和十几位青年作者学习儿童文学创作。活动大多安排在晚上,有时大家谈得高兴,散会时已是深夜,往往由她送冰心回家。

有一个晚上，她们踏着皎洁的月光边走边谈。她对冰心说："我不是中文系的学生，学习文学创作，完全是从头开始，总是担心自己写不好。"冰心拿自己的经验讲给她听，鼓励她说："我从国外回来，文学创作要写新中国的人物，写新中国的新生活，我不也是一样从头开始吗？"冰心还叮嘱她说，文学创作，就要不断地寻找新的起点，不断地去熟悉新的生活、新的题材。

晚年的时候，想起这些美好的往事，葛老师无限感慨地说："冰心老人这些话，铭刻在我内心深处，一生不曾忘记。"

葛老师把主要精力都用在了童话创作上，偶尔也写点散文。我注意到，在她的散文里，以写冰心和老舍这两位老作家的篇什最多，也最为感人。这是因为，她与这两位老作家交往最深，对他们的生活细节、内心世界和人格风范的观察与感知，也最真切。

她曾写到这样一个细节：有一次，她像往常一样，到医院去看望冰心。走进病房，她先去卫生间用药皂洗了手，以免带来感染源。走近病床后，冰心握住她的手。于是有了下面一段对话：

"你的手怎么这么凉？"

"我刚用冷水洗过，搓一搓就好了。"

"不用，你握着我的手，就会暖和起来。"

"你会感到凉的。"

"不怕，我还有足够的热给你。"

"您给了我很多很多，半个世纪里，我感受到您的爱。"

"你再给予孩子们。"

"我会记住您的话。"

说完，她看到冰心脸上露出了慈祥的微笑。没有任何多余的描述与议论，就是这么短短的、简洁的几句对话，却把两代女作家的怡怡亲情、女性的细腻与周到,母亲般的慈爱,都呈现在了读者面前。

因为对冰心有着最细微和最真实的理解,她写出了像《玫瑰与大海》《玫瑰的风骨》这样动人的散文。"因为她有坚硬的刺,浓艳淡香都掩不住她独特的风骨!""玫瑰花映出了冰心的影子。冰心的作品里,闪烁着玫瑰花的美丽、芳香,和风骨……"她用"玫瑰的风骨"来赞誉冰心的情操、精神和人格力量,真是十分准确、贴切和形象。

因为有较长一段时间担任老舍的秘书工作,葛翠琳老师眼里和笔下的老舍更具真实性。她写老舍先生,全是依靠一件一件她亲眼见到的日常琐事,来展现老舍的为人和性格。老舍的悲剧性命运,通过这样一些真实的细节,得到了呈现和揭示。

比如她曾写到,当时一位主管北京市文艺工作、革命资历很长的女作家,写了一部小说稿子,请老舍先生看看,希望他能发表一些意见。过了些时,老舍看后,把书稿放在茶几上,直率地说:"作品写得太干巴,缺乏文学性。"这位女作家听了,顿时不悦,脸色严肃地说:"我的作品就是不要月亮啊,星星啊,树呀草呀花呀的。我们无产阶级,不欣赏那些东西,都是资产阶级情调……"这时,老舍也满脸严肃地回答道:"那就不要拿给我看。我就是资产阶级。我喜欢太阳,也喜欢月亮星星,还亲自种花养花。"于是两人沉默相对,一时间,空气也像凝固了一样。

年轻的葛翠琳当时亲眼目睹了这场"对峙"。她这样回忆道:"几分钟过去了,我在旁边不知如何是好,忙拿起暖瓶往两人的茶杯里添开水,慌慌张张竟碰倒了茶杯。我惊讶地发现,茶水顺着茶几的玻璃面向下流淌,竟滴落在副主席女作家那雪白的高跟皮鞋上……"

倘若不是亲历者,谁也想不到,一向给人以幽默敦厚印象的老舍,还有如此"金刚怒目"的一面。与冰心所拥有的"玫瑰的风骨"一样,葛翠琳笔下的老舍,也有一个贴切的性格象征,那就是老舍十分喜欢的花椒树。在葛老师看来,花椒树有尖硬的刺,还有青红色麻辣味儿的果实。恰好象征着老舍刚正不阿的风格。

葛老师还曾跟我讲到一件小事,正好反映出了老舍先生幽默和风趣的一面。在抗美援朝、保家卫国的日子里,很多青年人都踊跃报名,想到朝鲜前线起。葛翠琳作为北京市文联的青年干部,当然也很希望有机会去朝鲜前线。因为她是从燕大出来的学生干部,没有经过战争的洗礼,也不曾到最艰苦的地方锻炼过,心里总是有几分改造不彻底的自卑感,所以她就想请老舍帮忙向上级说几句话,批准她去朝鲜前线。老舍听了葛翠琳的要求,立刻幽默地笑笑说:"我当然很乐意帮您这个忙。可是您应该知道,我提任何建议和意见,都是通过您向上级反映的。这件事,我也只能由您反映给上级喽……"这样的细节可谓典型的老舍式的风趣与幽默。

葛老师还写过一篇散文,题为《沉默》,是写长篇小说《曹雪芹》的作者、老作家端木蕻良的。那是在政治斗争气氛浓重的年月里,有一次,北京市文联的一位领导多次追问:"林斤澜的思想情况,表现出什么问题?"这时,端木蕻良赶紧回答说:"他下去深入生活。"葛翠琳在文章里写道:"人们知道端木是很注重文字的准确性的,但这时用词却极模糊,是'下去了?'还是'将要下去?'由人去理解。"果然,有一天,那个领导声色俱厉地斥责端木:"有人反映了,林斤澜根本就没下去,而且在家中大吃大喝,大砂锅炖肉,做了好多菜,天天像过年过节一样。"这时,端木语气平淡地说:"可能他偶尔回来看病。"那位领导却恶狠狠地说道:"你欺骗组织,罪加一等!"

机智的老作家,在不得已的时刻,用一种"舍身救人"的办法,保护着当时还是青年作家的林斤澜。这个细节被同样是青年作家的葛翠琳看在眼里，也记在了心上。

2010年，葛老师八十初度。承蒙老师信任和委托，我帮她编选和校订了由人民文学出版社、天天出版社出版的《葛翠琳作品全集》，包括《野葡萄》《会飞的小鹿》《翻跟头的小木偶》《进过天堂的孩子》《山林童话》《会唱歌的画像》《大海与玫瑰》《十四个美梦》《蓝翅鸟》《小路字典》《春天在哪里》共18册。虽然还不是严格意义上的"全集"，却也几乎囊括了她从事文学创作以来的全部作品。

她的短篇童话《野葡萄》最早发表在1956年2月号《人民文学》上。这篇童话是她的"成名作"，也成为她的代表作之一。《野葡萄》首次结集出版，是1956年3月由北京大众出版社（北京出版社前身）出版的一册薄薄的不足两万字的28开本小书，仅收录了《野葡萄》《雪梨树》《"老枣树"和"小泥鳅"》三篇童话。到2016年，《野葡萄》问世已经六十年了。六十年来，这部名著不断增补重版，包括英、法、德、俄、日等多种外文译本和各种连环画、绘本、美绘版等，已经超过100个版次。所收的同类题材和风格的篇目，也由最初的三篇逐渐增加到近二十篇。这批童话代表着她创作生涯的第一个高峰期。其中的短篇《野葡萄》已成为新中国短篇童话的经典名篇，被翻译成了多个国家和民族的文字。

《野葡萄》讲的是一个父母双亡、聪明美丽的牧鹅小姑娘，受到恶毒的婶娘的虐待，被弄瞎了双眼。原因是婶娘自己有一个盲姑娘，是阴暗的嫉妒心，使她伸出恶毒的手，残害了小姑娘那双葡萄般亮晶晶的眼睛。但是小姑娘有着善良和坚强的心灵，在好心的白鹅的帮助下，她孤身走进深山，寻找传说中的能让盲人重获光明的野葡萄。在经历千辛万苦之后，她终于找到了神奇的野葡萄，不仅使自已重见了光明,还把能够治疗眼睛的野葡萄,带给了更多需要帮助的人。

这篇童话也奠定了她童话创作的一个基调,那就是:表现真善美的永恒主题;讲述带有泥土芬芳和现实生活气息的、能够反映出伟大的民族性格和善良的人道情怀的美好故事;追求鲜明的民族风格;注重语言文字的生动和优美,在语言的韵致、音色和节奏上,都精雕细刻,力求完美和独创性。从《野葡萄》开始,童话也成为她生命中最重要的组成部分,甚至成为她对人生、对世界的信念和热爱的理由。

"在那严酷的年代,身陷灾难中时,童话里那助善惩恶的美丽仙子,悄悄地闪现脑海里,给予我安慰和勇气。伤心绝望时,那许许多多弱者战胜暴君的童话情节, 时时涌现在心中, 给予我希望和力量。"她善良的心如此坚定地相信,"在童话里,弱者总是战胜邪恶的强者,真善美最终总会得到胜利,它给予人一种精神力量,顽强地坚持下去,期待着未来,即使肉体消失了,那执着的期待还留在人间。当现实非常残酷时,受伤的心可以默默地幻想着,沉浸在别人无法窥探的童话世界里,寻觅美的画面。"

她用童话向那些善良、美好、无私的生命,献上了无限的敬意与礼赞。在《会飞的小鹿》里,被猎人追赶的母鹿,当她知道自己的生命就要结束了,生死关头她只希望自己腹中的小鹿能够生存下来。于是她瞅准机会,猛力越过一块尖利的巨石,剖开了自己的腹部,小鹿随着如注的鲜血落生在了岩石上, 而母鹿只能匆匆地看了孩子一眼,奋力跃下了山崖,引开了追赶的猎人的目光。这样的情节,写得真是惊心动魄而感人肺腑。

最伟大的童话,最美好的故事,一定会让书和故事里面的一些人都过上幸福和快乐的生活。虽然谁也做不到让所有人都生活得幸福和快乐,但是,尽可能地写一些让许多人都能找到快乐和幸福的故事却是许多书和故事的作者能够做到的。她的童话里,充满了对于弱小的生命的同情、关注、爱护和道义上的支持与安慰。那是一种母亲般的宽厚和温暖的慰藉。她在《问海》里,透过一粒小小沙砾的目光来看待这个世界,看待广阔无垠的大海,同时也审视着自己:你就是你自己! 大海告诉小沙砾说:"我的胸怀容纳一切,才这样丰富;我接受每一滴水,才这样深广;我从不停止活动,才这样具有生命力;我不拒绝飓风的推动,才异常勇猛。"

《金花路》是她另一篇童话名作,写的是一个老木匠和一个小木匠的故事。老木匠临死前留下了几句话:一辈子手艺没法儿传,谁找到那条金花路,学的手艺用不完。后来,有个年轻木匠听说了老木匠的遭遇和故事,发誓要去找到这条"金花路"。他背上干粮,跋山涉水,踏上了艰辛的探寻之路。不知道历尽了多少日子,有一天,小木匠看见一座陡峭的山崖上,开放着几朵金光闪闪的小黄花。小黄花断断续续地点缀成了一条不显眼的小路,一直伸延到远方。小木匠跟着星星点点的金花路一直向前,终于到达了一座人间没有过的"手艺宫"。年轻的木匠后来就成了手艺惊人的巧木匠。他像从前的老木匠一样,不贪心,不爱财,只把自己的手艺贡献给人间。故事最后说:"伴随着对老木匠的热爱和怀念,一个动人的故事就流传了下来。"

这个故事也让我想到了今天的儿童文学作家们的童话之路。中华民族丰厚的传统文化和民间文化宝库,不就像星星点点的金花路尽头的那个"手艺宫"吗? 只有像小木匠那样执着的、锲而不舍的人,才能到达。所以我体会到,她也在用一篇篇爱与美的童话,默默地为一代代后来的作者,指引着和铺开了一条通往远方的"金花路"。

她在晚年写过一篇短小的童话《空鸟窝》,写到一个小孩子的恶作剧——用弹弓把泥丸射向了一只从鸟窝里探出小脑袋的小鸟。小鸟的生命夭折了,鸟爸爸鸟妈妈飞回来后,悲伤地凝望着自己的鸟窝,在鸟窝边守望了一天一夜,然后痛苦地飞走了,再也没有回来,从此,这个曾经那么温馨的鸟窝就空寂了下来。童话的结尾是这样写的:"美丽的空中小屋,风不忍心吹落它,雪不忍心压垮它,阳光照耀它,风儿抚摸它,雨水洗刷它,鸟窝的树枝和藤蔓冒出了嫩芽,伸出了细枝,牢牢地缠住了大树。鸟窝花枝上也长出了根须茎叶,开出了鲜艳的小花儿,鸟窝变成了悬挂在空中的花篮……"

年老的童话奶奶,就像那棵看见过、也永远不会忘记这悲惨瞬间的大树一样,一边默默守望着这个"空中小屋",一边也在无声地提醒那些打弹弓的孩子:"在鸟窝花篮前,会懊悔自己的过失吗?"

为孩子写作,从来就不仅仅是个职业问题,而是个心灵问题。她说过:"通向孩子心灵的路,真诚是信使,爱是风雨无阻的车和船。"她把自己所选择的童话创作之路,也比作一条开满金色花朵的小路。她说:"我之所以几十年坚持为孩子们写作并获得一些成绩,只有一个原因,那就是:孩子们需要我,我需要孩子们!孩子们给予我的爱,注入我心灵的力量,是世上任何珍贵的东西所不能代替的。孩子一无所有,但有一颗纯真的心。"

她曾在文章里写到过两件生活中的"奇遇"。有一次,她收到一封寄自一个矿区的书信,信上问:"阿姨,您还记得我吗?解放初期,在办公室里您搂着我讲故事,给我梳小辫儿……虽然人到中年了,还常常想起童年时代您领我玩儿的情景。"当年的这个聪明好奇的小姑娘,如今已是一位赫赫有名的校长了。还有一次,一位年轻人从遥远的地方写信给她说："阿姨，您还记得那个淘气的男孩吗？喜欢在办公桌上爬来爬去，每次都是您把我抱下来，至今我还记得您的声音……"这个年轻人来信想了解一下他父亲当年的情况。她在文章里写道："我不愿使那可爱的青年伤心。实际情况是，后来他父亲把许多好同志错划成右派，对我政治上的打击几乎毁了我的一生。那种种惨景我不想让他的儿子知道，我愿那青年怀着尊敬的心情回忆他的父亲，这对他是一种安慰。那青年的信中充满了真挚的信任，我为此感到欣慰。"从这两件小事，我感到了她那宽容、善良和慈爱的心。这份爱，伴着她的作品，哺育着新中国几代孩子长大成人了。

她的作品里的爱与美，源于她对人生的最深挚的理解、宽容和热爱，源于她对人的钟爱。她的内心里有过深深的创伤和悲苦，但她对这个世界始终报以一颗善良和感恩的心，报以宽容和悲悯。她的眼里有泪水，但从不为自己哭。她说："我在童话中也表现丑恶和卑劣，那是为了使人们更热爱美好的一切，而不是展览丑恶。童话使我爱这个世界。尽管人生之路坎坷艰难，但我对世界充满了爱。"

1990年，在冰心先生九十寿诞之时，她与著名学者和社会活动家雷洁琼、国际著名作家韩素音共同倡议，以冰心的名字命名，创办"冰心奖"。从创办之初，葛老师就为冰心奖奠定了一个明确而坚定的方向：要成为儿童文学创作和图书出版的"一个窗口"，要为优秀的作者，尤其是年轻一代作者"铺路架桥"。

迄今，冰心奖已经走过了三十多年的道路，其中的繁难与艰辛自不必说。无论是参评冰心儿童图书奖还是新作奖的作品，她老人家几乎每篇都会仔细阅读、审稿，生怕遗漏了什么好作品，也生怕入选的作品里有什么不妥当、对小读者不适宜的地方。她也常常提醒、叮嘱翌平和我，有一些编选标准，是要牢牢记住，不能大意的；也时常叮嘱编辑出版者，封面封底上的广告语，一定不要自我粉饰，实事求是，用语平实，也是美的。有时候，对一篇拿不太准的作品，她会反复叮嘱我和其他评委，再花点功夫仔细看看，是对作者负责，也是对小读者负责。儿童文学辽阔的原野上，确实也有一条需要付出漫长的、艰辛的跋涉才能寻觅到的、通往"手艺宫"的"金花路"。三十多年来，耗费着葛老师晚年几乎全部心血的冰心奖，不也是在默默地为一代代年轻作者，做着通往"金花路"的铺路架桥的工作吗？

我注意到，她在晚年写的一篇送别自己青年时代的一位好友、一位钢琴家程娜的散文里，写过这么一段话："我像一匹精疲力尽的老马，拉着沉重的车在艰难的征途中跋涉，随时都会躺倒在路上不再起来。"在读到这段话的瞬间，我的心里一阵痛楚。她在自己的孩子和我们这些晚辈面前，可是从来没有半句说到自己内心的苦与累的。

她在八十岁那年，写过一篇《采撷录——八十年旅程回望》，吐露了这样的心声："为孩子写书，写什么？怎样写？这是需要我用一生努力完成的功课。""我的每一篇作品，都是我在人生旅程中采摘的果实，聚集起来，装进筐篮里，作为一份心灵的献礼，呈给相识不相识的朋友。"她确实已经尽心尽力了。她的每一篇作品，都融入了她的生命、心血，蕴含着她一生所尊崇的品格、执著追求的理想和愿望，蕴含着她对世界、对祖国、对生活、对读者的深挚的爱。所以她的每一篇作品，哪怕是一篇短小的童话，也都是她"心灵的献礼"。

她在生命的最后一两年里，因为起身的力气和接听电话的听力都不够了，如有什么吩咐，就只能通过她的助手小刘，给我发电子邮件。老师的最后一次邮件，停留在2022年6月20日这天。

她逝世后，翌平在回忆文章里写到，在这三年里，每天晚上，他们家庭微信群里都会传来母亲的语音："祝亲人们健康、快乐！晚安。"母亲的语音或早或晚，总会在她入睡前响起，从来没有间断。自然，天南海北的儿子、儿媳，还有孙子辈，每晚也会此起彼伏地回应和问候母亲与奶奶。这件事，也使同样在写童话的翌平明白了母亲毕生写在童话里的那种信念："母亲有一种坚信：美好的东西只要持有，它就会变成现实，予亲人、他人带来福祉，尽管可能微弱，但爱会在那儿，就会惠及自己所爱的人。对于子女，她像众多中国母亲那样，总是本能地擎举起双臂，坚信只要伸展臂膀，就能将儿女庇荫在自己的怀抱中，就能拯救并呵护住亲人与亲情，虽然在最后的日子里，她连筷子都很难举起。"

一位"五四少女"的故事

周仲铮的家世

周仲铮（1904—1996）这个名字，对不少读者来说也许有点陌生。但这是一位颇富传奇色彩的女性。她是画家，也是作家，举办个人画展时，齐白石为她站台，创作的自传体小说，畅销欧洲；她出生在安徽东至的名门望族周家，是真正的"金枝玉叶"，却在九十多年前，像巴金小说里的人物一样，以叛逆的姿态走出让她感到窒息的"贵族之家"，成为轰动一时的"五四少女"；她没有念过小学，却进了中学，没有念完中学，却进了南开大学。少女时代，她和邓颖超是同窗好友。之后赴法国求学，成为从巴黎政治大学毕业的首位中国女学生。

"二战"时期，周仲铮有五年的时间是和家人住在地下室里。战后她成为享誉欧洲的华裔艺术家和作家。她与邓颖超、周恩来保持着终生不渝的友谊。1972 年，联邦德国与中国建立了邦交关系后，她又为中德两国的文化交流做出了许多贡献，被周恩来总理赞为"中西文化的使者"。她的先生是一位汉学家，晚年她把自己的藏书和毕生的作品都捐给了祖国。

安徽东至县，在清代称为建德，因与浙江一个县同名，后改为秋浦、至德，后来又与相邻的东流县合并，称为东至。东至周家，在晚清和民初的政界、民国时期的实业界,直到新中国诞生后的学术界,可谓声名显赫。周仲铮的祖父是晚清重臣周馥(1837—1921),字玉山,做过李鸿章的幕僚,后来先后担任过朝廷任命的山东巡抚、两江总督、两广总督。周馥共有六个儿子:学海、学铭、学涵、学熙、学渊、学辉。除了学渊较早夭折,其余五子都曾入仕做过朝廷的官员。长子周学海是光绪十八年(1892)进士,任过浙江候补道,后来厌弃仕途,离开官场成为医学家。周学海有五个儿子,三子周明遄,即周叔弢,是著名爱国人士、实业家和收藏家,中华人民共和国成立后担任过全国政协副主席。周叔弢有十个子女,其中八人成为高等学府的著名教授。

周馥的四子周学熙,即周仲铮的四伯父,有"北方实业巨头"之称。周仲铮的父亲周学辉是周馥的幼子,任过湖北武昌的候补道(清代官职),后来厌弃官场,跟随四哥弃政从商。

在近代中西文化交流史上,周家与德国几代汉学家都有渊源。我们从德国汉学家卫礼贤(1873—1930)夫人写的回忆和卫氏传记里,从周叔弢的长子周一良的回忆录里,都能看到一些踪影。

曾有人说过,曹禺(万家宝)的名剧《雷雨》里的周朴园和"周公馆",是以周学熙为原型的。周学熙离开官场在天津办实业时,曹禺的父亲万德尊和他关系密切。周学熙在周家大排行老九,曹禺这一辈称他"九老爷"。万德尊不幸染上了吸食鸦片的恶瘾,病故前曾将妻儿托付给"九老爷"。万家的股票,也曾交由周仲铮的父亲帮忙托管。所以,少年时的曹禺经常会去天津泰安道周仲铮家领取学费,周家在天津的那个"很大很古老的房子",在少年曹禺心中印象深刻。但《雷雨》的故事与周家的故事大相径庭。曹禺后来专门撰文说:"周家是个大家庭,和我家有往来,但事件毫无关系,只不过是借用了一下他们住在英租界一幢很大的、古老的房子的形象。"倒是《雷雨》中的周冲、四凤这些青年人身上对令人窒息的资产阶级家庭和不平等的封建制度的反抗精神,与周仲铮身上那种对旧礼教的叛逆、对新思想的向往,是一致的。

童年在江南

1904 年 7 月 20 日,周仲铮出生时,祖父为她取名"莲荃",意为"荷香"。 莲荃出生后不久,父亲周学煇出任湖北武昌候补道(清代官职),母亲就带她前往武昌居住。她和哥哥、姐姐还有两个弟弟,在武昌度过了七年的童年时光,后又跟随父母到上海等地居住。《小舟》以细腻和清新的文笔,讲述了她童年和学生时代独特的经历与心路历程。"小舟"是大学时代同窗们对她的昵称。

她的童年时代,正处在黑暗腐朽的清王朝风雨飘摇、即将土崩瓦解之时。但她在书中并没有正面去书写天地玄黄的时代风云,而是以一个女孩子的视角,从家庭成员们一言一行的细节入手,以小见大,知微见著,读者们从一些细枝末节里,从一家人的辗转迁徙中,从深宅旧巷、烟雨楼台的物是人非与名物、风俗的转移秘密里,也可辨认出那个改朝换代的大时代真实的样子,听到那个时代的风声和雨声。弦歌散尽,人去楼空。芭蕉和翠竹斑驳的影子,缓缓移动在南阁北窗,海棠和银杏树叶,也默默卷过光影晃动的庭院回廊,时代的风雨,竟是无情地涤荡了一座座华丽不再的深门大宅。高悬的月亮,虽然还是昨夜的那一轮,但繁华已逝,老屋无言,多少旧日的楼台,都迷失在岁月的烟雨之中……《小舟》的叙事和回忆里,处处流淌着这样悠长的韵味。

"我掉了一颗乳牙，可是我不知道该怎么办。母亲说：'上牙掉了，要把它放在低处；下牙掉了，要把它扔到房顶上去。这样，人长大后才会有一口漂亮的牙齿。'我掉的那一颗是下牙。保姆把它扔向房顶，它掉了下来。保姆再扔一次，它又滚落下来。保姆只好继续扔，直到它终于留在了房顶上。我高兴极了。"

作者的叙事里，有冰心般的温婉，也有林海音似的细腻与敏感。成长中的点点滴滴，都完好地保存在她的记忆里，也闪耀在她清丽的文字里。她的童年生活故事，确如一只小舟缓缓飘摇，暂时还没有大起大落和纷繁复杂的情节。她用散文的笔调记录着成长中细微的遇见与感触，用丰盈的小细节支撑起了悠长的故事讲述，让读者看到了那个时代的大户深院里的儿童生活，也呈现了幼小的生命和纯真的童心的澄澈、活泼与可贵。

住在武昌的时候，孩子们有自己的一个小花园，他们学种了不少蔬菜，还收获了两个大紫茄子。母亲答应，明天中午就做烧茄子给他们吃。接着，作者写道："可惜，我们没等到母亲口中的这个'明天中午'。第二天黎明，我们一家就突然离开了武昌。祖父被派去上海，我们也得随行……我在武昌的童年生活就此结束。从此，再也听不到窗前小鸟的歌唱，再也看不见学堂前四棵漂亮的芭蕉树，再也欣赏不到那童话般的荷塘，再也吃不上浸泡在大水桶里的西瓜，再也不能在中元节里接那被和尚道士抛落的小馒头。被我们悉心照料的小菜园，也同其他所有的一切一样，一去不复返了。"

这一年是 1911 年。时代的风雨打湿了童年的小窗。武昌起义爆发后，作者跟随家人离开武昌，搬去了上海居住。

作者的母亲是扬州人。江南女子都喜欢养蚕和刺绣。春天里，母亲在竹箩里养了许多蚕。作者用大段的文字描写了母亲养的那些蚕儿,和蚕儿吃桑叶时发出的沙沙声。其中有个细节:不久,孩子们总听母亲对父亲说:"是时候上山了。"孩子们以为,过不了多久,就可以去爬山玩了,因为他们家在庐山牯岭有两处别墅。哪知道,母亲说的"上山",是指让蚕儿们爬上用稻草扎成的小草山上,准备开始吐丝结茧了。像这样的小细节,作者写得真实、准确而又鲜活动人,也完全贴着小孩子的心理来叙述。在这一章的结尾,作者又写到一个细节:"母亲把几张沾满蚕卵的白纸放在了衣柜里。有一天,当她打开衣柜收拾衣服时,突然发现,那些小墨点已经开始蠕动。母亲这才意识到:春天来了。"描述是那么准确,并且干净利落,一点也不拖泥带水。

"五四少女"

刚刚熟悉了上海的生活,作者的父亲被选为北京议会的议员,于是,举家又从上海迁到了北方的天津。在天津,周家是一个真正的大家族,亲戚众多,足足有五代人。周家大宅院给少女小舟这样的印象:"这是什么样的院子啊!没有绿草,也没有成林的树木,只有一棵树孤零零地立在那里。树上光秃秃,连一片枯叶都没有。……当人穿过院子时,总有一种感觉,好似行走在被劈开的寒冷彻骨的海水中间,我甚至都不能自如呼吸。"

而更让这个少女感到压抑的,是沉重的封建礼教笼罩下的这个大家族里,繁文缛节、规矩众多的沉闷和死寂的生活。男尊女卑、长幼有序、嫡亲庶出……各种礼数和复杂的人际关系,令她感到无所适从。就连她和兄弟姐姐一起读书的私塾,也唤不起她的兴致。"我不懂自己在念些什么,只觉得和哥及杏姐的声音听起来那么哀伤,我自己的读书声里更是带着哭腔。"渐渐的,她感到,"在我的心里,在我的灵魂深处,在我的躯体里,此刻正有小小火苗燃起。我感受到它的摇曳,我愿让它长明不熄。我愿这火苗照亮我前行,教给我人生的真谛。"

虽然每年也有夏蝉从一棵树飞向另一棵树,不知疲倦地鸣唱着:"夏天到了!夏天到了!"但是,纯真的少女已经失去了童年时的荷塘和莲花。"回想起自己的童年,我黯然神伤。我已十三岁,是一位'小姐'了。"反叛的种子,正在她的心中无声地萌芽。她在等待着一个时机。"我已经做好牺牲一切的准备。我不要再待在这个家里,我要奋起反抗那些家规旧例……"

果然,就在祖父去世的日子里,趁着家里忙乱的时候,她给双亲留下一封信,言明自己出走的理由,还把《新民意报》的地址留作联系地址,然后夹起事先准备好的一个小包裹,毅然决然地离家出走了!"如同一个战士披上战衣冲上战场。战斗已经打响!"她的一个闺密峙山还帮着她拆散长辫、盘起发髻,以显示与旧礼教、旧世界决裂的决心。

"长辫拆散,发髻盘起"这一章,写的是她在离家出走那个夜晚前前后后的各种安排和心理轨迹。这一行动的惊世骇俗自不必说,作者写得也是惊心动魄,把书中原本是韵味悠长的散文化叙事推向了紧张的高潮。

"我得只身走入并面对外面的世界。此刻,我独自一人坐在这个昏暗狭窄的小屋子里,感觉从未如此形单影只。没有家,没有父母,也没有兄弟姐妹,一切正如我所愿。

"天色渐黑。乌鸦的叫声听着凄凉而悲惨。我没有哭泣。童年已逝,我亦蜕变成一名反抗家族与双亲意愿的斗士。我今后会成为什么样的人呢？双亲还爱我吗？他们会忘记我吗？他们会原谅我，并允许我去上学读书吗？……"

因为有真实和深刻的体验做底子，书中的心理描写才会如此准确和生动。至此，一个受到五四风雨的洗礼而生出了叛逆和渴望之心，毅然走出了大宅深门的"五四少女"的形象，活脱脱站在了读者面前。

后面的故事是：她的家族对她的出走自然感到十分丢脸，父亲在报纸上登出启事："自儿离家，母伤心至极，甚念。望见字速归。求学一事再议。父。"气愤中的父亲还对家人扬："等她回来，一定得把门锁好。"而她在心里给自己打气说：坚持！坚持！不要软弱！不要软弱！

她的抗争和离家出走，也成了天津新闻界的一桩热谈，甚至惊动了李大钊、胡适等新文化运动的领导者们。她在大姐和好友峙山的帮助下，进入了北京大学当旁听生。周家迫于社会舆论压力，最终答应送她正式入学读书。结果，她先后被天津北洋女师中学班和南开大学录取就读。

"这个孩子早晚有一天会把家里搅得天翻地覆，她离我们远些，或许也不是坏事。她在家里，对其他孩子来说就是个坏榜样。"在作者出国之前，她从嫂子口里听说，父母亲有过这样无奈的感叹。这同样也是坚定她逃出家庭、去往远方的决心的一个原因。

1924 年 9 月 21 日，刚满二十岁的周仲铮，大学还没毕业，就与两位同学一道从天津乘船去往上海。临走的前夜，她与双亲告别时，她写道："母亲的心在颤抖，眼睛和嘴唇也在抖动哆嗦，可是她忍住不哭，只说了一句：'走吧！凡事小心！'该说的她都已说过。"轮船带着她奔向了另一个世界。《小舟》的故事至此结束。

从《小舟》到《十年幸福》

《十年幸福》是《小舟》的续篇,叙述了她在欧洲度过的艰辛曲折的求学生活。正如她在前言里所说的:"这位女性曾想走上一条与中国传统旧式妇女截然不同的道路,曾想通过自身的不懈抗争过上一种全新的生活。……这条先驱之路上荆棘遍布,障碍重重。"在《十年幸福》里,我们看到了她不畏艰难、孤身向前,以坚强的毅力在异乡奋斗的故事。

"不再抱有任何希望,会有挚友自遥远的家乡而来。心中无尽的悲伤,在汹涌的波涛声中被彻底埋葬。"她用这四行诗道出了自己在异乡的心境。有道是"苦心人,天不负"。她不仅完成了在巴黎政治大学的学业,成了从该校毕业的首位中国女学生,还攻读了巴黎大学文科博士学位。在个人生活上,她为人妻,为人母,拥有了自己小小的幸福。

因为所见所闻、所思所述都是在欧洲的生活,所以《十年幸福》里的文学色彩,比《小舟》更为浓郁。在流畅的叙事同时,不时有一些清丽的风景描写和淡淡的"抒情"段落,描画和衬托着主人公的精神世界,比如:"小路上长着一些灌木,有一些枝头已经有了花骨朵,小鸟飞来,轻吻一下花骨朵,接着就又飞走了。我的思绪有些凌乱,我从没有像现在这样如此想念母亲。"

从《小舟》到《十年幸福》,周仲铮完成了自己的蜕变,从那个具有叛逆精神的"五四少女",变成了精神独立、思想成熟的新女性。在此后的岁月里,她在文学写作和绘画领域里,都取得了杰出的成就。她的文学作品还有《金花奴》《树王》《小采鱼》以及《必须是红红的,必须是圆圆的》等。作者多才多艺。《小舟》和《十年幸福》的全部插图及封面图,都采用作者自己的木刻绘画,质朴而简洁的木刻艺术,化繁为简,以少胜多,不仅完美地传递出了"中国故事"的神韵,对于书籍来说,又极具装饰性和文学质感。

　　《小舟》最初在德国问世,接着被译为英、法、意、荷等语种译本,一度成为欧洲的畅销书。1986 年,中国文联出版公司首次出版了中文版,由著名女画家郁风作序。可惜的是,这个版本当时印制得比较简陋,印数也不多。每本书都有自己的命运。《小舟》和《十年幸福》是幸运的,在今天又遇见了新的"知己"。一位年轻的编辑汪可,偶然看到早已绝版的"中国文联版"《小舟》,竟然爱不释手,心心念念,再也难以放下,费了几年工夫,终于辗转联系到了该书版权所在的一家德国出版社,取得了《小舟》及其续篇的中文版授权。出于对这两部书的挚爱,这位编辑小姐姐又精心挑选了奶白色洁净素雅的布面材料,几乎是用原版"复刻"的方式,完整呈现了原书的木刻插图、封面图和装帧设计上的肌理纹路、质感与美感。所以,这两本书被"重新发现",也让我们欣喜地看到了中国出版的新力量。

少年的挽歌与永远的乡愁

　　一代人有一代人的精神底色,一代人有一代人的性格特征。生于二十世纪六十年代、在八十年代初进入大学时代的这一代人,被统称为"六十年代人"。在这一代人身上,有一种明显的所谓"六十年代气质"。这种气质究竟是什么样子呢? 要描述出来,似乎又不太容易描述清楚。简单说来就是:性格上带着几分天然的伤感与忧郁;朝气浩荡、壮志凌云的年华里,会情不自禁地为远大的抱负和献身的高尚而感动,骨子里崇尚理想主义、英雄主义,再加上一点浪漫主义;由寂寞的乡村进入陌生的城市,对逝去的童年含情脉脉,对现实总是保持距离,对自我倾情而对未来忧心;尝到过寂寞、孤独、艰辛,甚至饥饿的滋味,因此心灵里并不缺少坚强的垫底的基石;喜欢在想象中经历艰难与辉煌,甚至也幻想着踏上为理想而受难的旅程,即便是"在烈火里烧三次,在沸水里煮三次,在血水里洗三次",也无怨无悔,并且期待着某一天,会有一双温柔而明亮的眼睛注视着自己,随时会为一声关切的问候或轻轻的叹息而泪水盈眶眶……

　　所有这一切,源于"生于六十年代"这一代人大致相似的成长经历。比如,艰辛、寂寞和单调的童年与少年成长环境;饥饿的日子里,在暴风雨中的旷野上的呼喊与奔跑,风雨中的茅棚和金色草垛,庇护过他们瘦小的身体;乡村谷场上的露天电影,冬日里的呼啸风声,鲁迅的《从百草园到三味书屋》、高尔基的《海燕》、保尔和冬妮亚式的友谊与初恋……激起过他们最初的幻想。刚刚长大后,在社会上还立足未稳,最现实的"人生哲学第一课"又摆在了面前:面对改革开放和市场经济的时代大潮,面对经济转轨、文化转型、价值观失衡的现实,几乎人人变得束手无策,被动,失语,逃离,内心与现实有了明显的疏离感,甚至喜欢逃往内心,过早地沉湎于回忆。

对于这一代人的"精神底色",倒是可以借用俄罗斯散文家康·巴乌斯托夫斯基《金蔷薇》里的一段话来作描述:"对生活,对我们周围一切的诗意的理解,是童年时代给予的最伟大的馈赠。如果一个人在悠长而严肃的岁月中,没有失去这个馈赠,那他就有可能是位诗人或作家……"

怀旧是必然的,只是没有想到,这一代人是这么早地开始怀旧了。不知从什么时候开始,旧书、旧信札、日记本、笔记簿、手稿,甚至一些不经意留下的小纸片、老照片,这些东西只要一看到,就会引起我对过去的回忆和感念。刘欢出过一张碟,名字就叫《生于六十年代》;梦鸽也录过一张碟片,演唱的都是诞生于二十世纪七十年代的电影插曲和流行歌曲。这些歌曲竟然让我百听不厌。伴随这些歌而映现在脑海里的,是样板戏、新闻简报纪录片、阿尔巴尼亚和朝鲜电影的画面;是贫穷而淳朴的乡村小学、谷场上的露天电影、各种题材的"小人书"的记忆;是寒冷冬夜里半军事化的长途拉练行军,是在乡村简易的戏台上为贫下中农表演节目的经历……当然,时间再往后推移一点,占据我们这一代记忆的,是在二十世纪八十年代初期涌入中国大陆、来自台湾地区的校园歌曲,包括《走在乡间的小路上》《外婆的澎湖湾》《蜗牛与黄鹂鸟》《爸爸的草鞋》《龙的传人》《童年》《捉泥鳅》,等等。

也许是因为我自己的外婆家是在胶州湾的海边小渔村,我的童年的小脚印,有一部分也永远地留在了海边的沙滩上,所以在诸多台湾校园歌曲中,对《外婆的澎湖湾》更觉亲切,感情尤深。

晚风轻拂澎湖湾,白浪逐沙滩。
没有椰林缀斜阳,只是一片海蓝蓝。
坐在门前的矮墙上,一遍遍怀想,
也是黄昏的沙滩上,有着脚印两对半。

是外婆拄着杖,将我手轻轻挽,
踩着薄暮走向余辉,暖暖的澎湖湾。
一个脚印是笑语一串,消磨许多时光,
直到夜色吞没我俩,在回家的路上。

澎湖湾,澎湖湾,外婆的澎湖湾,
有我许多的童年幻想,
阳光,沙滩,海浪,仙人掌,
还有一位老船长……

我的许多童年时光,也是坐在外婆门前的石头矮墙上,走在赶小海的沙滩上,或是挽着拄着杖的外婆的手臂,踩着薄暮走在夕阳映照的小渔村里。所以这首歌也唱出了我对外婆深切的感恩之情,歌中也有我温暖的怀想与永远的乡愁。

从音乐的角度看,三段音乐,第一二段从中低音区缓缓进入,曲调舒缓平稳,第三段的升高和跳进,使歌曲产生了动感,形象地刻画了一老一少、相挽相携,漫步在夕阳下的海滩上,留下了两串清晰的脚印的情景,也抒发了对怡怡亲情的无限依恋之情。

一提到台湾校园歌曲,人们自然会想到李建复、侯德健、叶佳修、罗大佑……这些代表性的音乐人的名字。我认识的一位英年早逝的台湾小说家李潼,本名赖西安,也曾是二十世纪七十年代台湾校园歌曲创作的主力之一,他的《月琴》《散场电影》等,至今仍被人传唱和怀念。我在最初接触台湾校园歌曲的时候,几乎对叶佳修的每一首歌都情有独钟,《外婆的澎湖湾》《走在乡间的小路上》《爸爸的草鞋》等,词曲都出自叶佳修之手。《走在乡间的小路上》的原唱是齐豫,后由潘安邦、刘文正等翻唱并传播开来;《外婆的澎湖湾》这首歌曲是叶佳修根据歌手潘安邦童年时在家乡澎湖与自己的外婆真实的亲情故事创作,也是叶佳修第一次为潘安邦填词作曲、量身定做,并由潘安邦原唱。1979年潘安邦凭借这首歌获得年度"台湾最佳新人奖"。这首歌同时也成了叶佳修、潘安邦两个人的代表作。

潘安邦,祖籍浙江省温州市瓯海区,1961年9月10日出生于台湾省澎湖县马公市金龙头眷村,出道后素有"台湾民谣王"之称。二十世纪整个八十年代,是潘安邦演艺生涯最活跃的时期。1989年央视春晚上,他首次赴大陆演唱《外婆的澎湖湾》《跟着感觉走》,音色温婉而深情,迅疾赢得无数大陆粉丝的拥戴。我也是他的粉丝之一。后来看到一部拍摄于他的"外婆的澎湖湾"那个小渔村的电视片,知道了他与外婆祖孙情深的故事,对这个总喜欢戴着太阳帽的"大男孩",就更有好感。

1979年,叶佳修在海山唱片公司安排下,第一次见到潘安邦,知道了潘安邦童年在澎湖与外婆的故事,瞬间感动地不能自已,很快就为潘安邦写下这首歌。叶佳修不愧是音乐才子,这首歌整个创作过程中仅仅用了10分钟的时间。潘安邦拿到歌的当天,用公用电话从台北打长途电话给在澎湖的外婆。他在电话里给年老的外婆哼唱了这首歌。可是,他唱完后,电话那头没有任何声音。潘安邦能感觉到,外婆是在那头啜泣、流泪。这首歌是潘安邦在用真情演唱自己的故事,表达对挚爱的外婆的无限感激和怀念,所以,抵达听众心中的这首歌,就更有温度,也更具感染力,也更容易唤醒和慰藉与潘安邦同龄的、"生于60年代"的一代人心底的乡愁。

可惜的是,天妒英才。"60年代人"似乎都与伴随着90年代和新世纪而来的那个越来越喧嚣的、物欲横流的世界格格不入,所以,从1993年起,潘安邦竟出人意外地选择退出了演艺界,到美国经商发展,并在那结婚生子。2013年2月3日,一代"台湾民谣王"潘安邦,因肾癌不幸早逝,享年52岁。与我认识的那位台湾校园民谣的创作主将之一李潼先生一样,都终于52岁的英年。

潘安邦去世后,家人将他的骨灰撒到了台湾澎湖内海,永伴着亲爱的外婆,也永眠于外婆的澎湖湾。如今,凭借着一首家喻户晓的《外婆的澎湖湾》,澎湖湾已成为当地最热门的旅游景点之一,澎湖地方政府多年前特意在有着阳光、沙滩、海浪的美丽海滩,建造了澎湖湾主题公园;前来这里观光旅游的人们,不仅能看到外婆门前的矮墙,还能看见潘安邦搀着外婆、走在夕阳里的塑像。

以《外婆的澎湖湾》《走在乡间的小路上》《童年》等为代表的一批台湾校园歌曲,二十世纪八十年代风靡所有的中学和大学校园。这些歌曲有的来自台湾地区歌手的原唱,更多的是大陆青年歌手如成方圆、王洁实、谢莉斯等人的翻唱。这些歌曲或明丽或柔婉,或带着淡淡的伤感、或抒发美丽乡愁,带着清新的田园诗和民谣风格的歌词,甚至也影响到了当时不少文学青年、特别是青年诗歌作者的创作风格。

我早期的诗歌创作,就深受台湾校园歌曲的濡染。二十世纪八十年代初期,正是我创作起步的日子。毋庸讳言,我在这个时期创作和出版的数百首校园诗歌,都带着台湾校园歌曲的那种情调。再夸张一点说,教会我怎样"抒情"的,除了普希金、艾青、何其芳几位抒情诗人,还有台湾校园歌曲。

我的第一部诗集《歌青青·草青青》,1989年由中国少年儿童出版社出版时,就特意在封面上标注了"中学校园诗"五个字。当时在我心目中,我所追求的就是台湾校园民谣的风格,我要抒写的是一代人的少年挽歌,也是这代人心中永远的乡愁。1990年,我的第二部诗集《我们这个年纪的梦》在湖北出版,也仍然不脱校园民谣的风格。直到第三部诗集《世界很小又很大》1996年在福建出版时,才总算走出了台湾校园歌曲的那种略带忧伤的情调,进入了一个新的抒情世界。

我很庆幸于自己,经过了这么多年岁月的蹉跎和磨洗,我不但没有失去童年时代的"伟大的馈赠"——即对生活、对我们周围一切的诗意的理解,相反,我倒越来越觉得它们的宝贵与伟大。或许正是它们,教会了我如何去面对现实和热爱生活,如何在一种妥协中,与世界达成"和解"。这也许是每个人的"时代症",也是我们这一代人所不得不承受的"生命之轻"。

美国作家约翰·厄普代克在前几年里发出过这样的慨叹:"在我此生中,我的感官见证了一个这样的世界:分量日益轻薄,滋味愈发寡淡,华而不实,浮而不定,人们习惯用膨胀得离谱的货币来交换伪劣得寒碜的物质……"是这样的。也正因为我们置身在这样的现实之中,才更显得昨天的那些激情、誓语和梦想的崇高与珍贵。

今天,我是发自心底地怀念和感激那一段既贫困又坚实的岁月。那些浪漫的激情和誓语,虽然是那么短暂地出现在我的少年时代的某一时刻,但它们却潜移默化地影响着我,直到今日。它们是我坚强的意志的奠基石,是我渴望为理想献身的信念的源头,是我有时候不得不遁于内心而守护住自己的秘密的精神支柱,也是我今生今世依赖在这个浩大、纷纭和凛冽的世界上继续奋斗和生存下去的全部资本与最后的退路。

怀旧,当然不是一种"奢侈病",而是一种心灵需求、一种情感上的安妥与释放。对于无法适应日新月异的生活潮流、生活节奏、价值观念、人际关系的一代人来说,想起过去的少年时代、青春时光比较单纯、比较真诚,人与人之间容易相处,当然就容易怀旧。怀旧也是对过去的一种感恩。在我们每个人的记忆里,都会有过许多小小的、明亮的瓜灯和小橘灯,给过我们温暖、光明和幻想。少年酒神与美丽乡愁,往往也会成为成年后的热情、信心和力量的源泉。所谓"最好的时光",其实就是那种永不回返的"幸福感",有时候,并不是因为它有多么美好而让我们眷念不休,而是倒过来,正因为它是永恒的失落,于是我们只能用"怀念"来召唤它,它也因此变得更加美好,更加让人难以忘怀。有怀念,才有感恩的心,才能更加热爱。

崇高的字眼

　　祖国，是一个圣洁、崇高的字眼，而不是一个抽象的概念。我在《我的祖国》一书里写过，祖国，"是你出生后舒适的摇篮，是你听到的第一支摇篮曲"；"在柔软的草地上，当你第一次学走路的时候，托起你小小脚丫和脚步的，就是我们的祖国妈妈"；祖国，也是"你每天上学放学时，走过的那条铺满绿荫的小路；是你在课堂上举手回答问题时，老师给你的微笑和赞许"；"当你写出第一个方块字的时候，当你用美丽的母语大声朗读的时候，当你戴上红领巾的时候，当你在帮助一个比你弱小的或老年人的时候，祖国妈妈，就站在背后看着你，分享着你的快乐和幸福呢。"

　　我的恩师，著名诗人、文学家徐迟先生，晚年时出国访问，在一个不眠之夜，写下了一篇抒情散文诗《间奏曲：祖国》，抒发了他对"祖国"这个神圣字眼的深切的感受：

　　　　两个神奇的字：祖国！……两个光辉的字，庄严的字，贴心的字，最可贵、最可爱的字啊，祖国，我的祖国！为什么当初我身在祖国，身在福中，在她的怀抱中，我竟然没有像今夜，身在她的怀抱之外的外国，反而更加激动了呢？原先我真是身在福中不知福，那时她紧紧地抱着我在她怀中，她的芬芳的气息扑在我的身上。她无处不在，我时刻接触到她，亲近着她。我足踏在

祖国的土地上,头顶祖国的天空,我呼吸着祖国的空气,沐着祖
国的阳光雨露……

离第一次读到这篇散文诗已有三十多年了,至今我还能一字不
差地把它背诵下来,而且每次念诵起来,仍然会心潮澎湃、激动不
已。这样的文字与情怀,如同电光石火,炽热而耀眼;又似苍茫的江
海,深沉而广阔。这也让我想到一代代忠诚和优秀的中华儿女,他们
热爱祖国母亲,把毕生的才能、智慧和心血,乃至生命,全部献给了
祖国,他们的赤子情怀一直就是这样,爱得深沉,爱得真挚,爱得无
怨无悔。

2020年秋天,我在云南乌蒙山区采风时,一位勤劳的果农、"苹
果爷爷"周邦治给我说到了几句乌蒙山乡谚:"一棵果树三分田,百
棵果树十亩园;有山才有水,有国才有家";"家大业大,不如国家强
大"。还有一位彝族养蜂人,在和我交谈时也说到了几句彝族谚语:
"鸟离不开窝,人离不开国";"锅里有,碗里才有"。这些朴素的谚语,
表达的是普通百姓对国家的热爱,对强大的祖国给每个人带来的安
全感和坚实的依靠感的一种感恩与自豪。

这些生动的乡谚让我过目不忘。我写长篇小说《爷爷的苹果园》
时,把这些鲜活的谚语都用了进去。小说讲述的是在全国脱贫攻坚
和乡村振兴背景下,新一代乌蒙山少年们热爱家乡的绿水青山、奋
发向上的成长故事,再现了乌蒙山区的一位果农爷爷与扶贫驻村队
员们,还有小学校的校长和孩子们并肩奋斗、洒下汗水、付出艰辛,
努力去改变家乡贫困面貌的真实经历。我想把这部小说写成一幅清
新又明丽的祖国边疆风情画卷,不仅要刻画出种苹果的周爷爷、彝
族少年乌格和他的阿妈阿依扎、放蜂的阿爸曲木嘎、弓河小学的王

校长、年轻的驻村扶贫干部朱伟等"接地气"的人物形象,同时也尽力去彰显普通人的良善、刚强的人性与敢于担当、为国分忧的美德,让小读者感受到新一代乌蒙山人的人性之美和乌蒙山少年阳光向上的生活和成长状态。因为,正是这样一些最普通的劳动者、山乡奋斗者,包括乡土上的孩子们,用他们微小的行动和质朴的感情,汇聚起了最深沉和最磅礴的时代力量。这种力量,其实不就是热爱伟大的党和国家、热爱自己代代守望的乡土家园的力量吗?

我在少年时代的阅读时,记住了两个闪光的句子,一直没有忘却。一句是:"谁不属于自己的祖国,他也不会属于人类。"另一句是:"一个人越是伟大,他就越不能没有祖国。"在《爷爷的苹果园》里,我写到了一条清亮和欢腾的洒渔河,从苹果园边,绕着山脚流向了远方。它其实就是一种延绵不断的乡土之爱、家国之爱的象征。一个不热爱自己美丽乡土的人,又怎能指望他会去爱祖国、去爱全世界呢。

家国情怀是中华民族最宝贵的美德之一。歌唱祖国、礼赞英雄,也是每个时代的文艺创作最闪亮的主题和最动人、最灿烂的篇章。这些题材的作品,总会带着中华民族自强不息、坚韧不拔、团结奋进的精神基因,也能在一代代读者的心田里播下爱国的种子。我希望自己写的书,也能具有种子一样神奇的力量。

除了《爷爷的苹果园》,近年来我创作的长篇小说《天狼星下》《远山灯火》,长篇纪实文学《正气歌:党史百年家风故事》,还有《此生属于祖国:功勋科学家黄旭华的故事》《李四光:探寻宝藏的人》《钱学森:月亮上的环形山》《林俊德:铸造"核盾"的马兰英雄》等二十多种讲述中国科学家故事的传记,大都贯穿着热爱祖国、报效祖国的主旋律。

中国的科技进步史,既是一部伟大的中国科学家精神史,也是一部动人的科学赤子报国史。我在写李四光的故事时,写到了李四光和女儿李林、女婿邹承鲁,"一门三院士"科学报国的故事。李四光曾说:"一个科学技术工作者,如果抱定了为祖国的富强、为人类幸福前途服务的崇高目的,在工作过程中,不断攻破自然秘密,他的生活会多么丰满、愉快、生动和活泼。"李四光从少年时代立志学造船,到改学地质学,回到新中国的怀抱后,更是祖国建设需要什么,他就研究什么、关心和寻找什么。这种赤诚的爱国热情和科学报国的精神,深深影响着女儿李林的成长。正是在父母亲言传身教的影响下,李林参加工作后,也从国家的现实需要出发,三次"改行",不断转变自己的科研专业。先是参加了中国第一个"反应堆"实验;后来参与了第一颗原子弹引爆材料工作试验;最后又参与了第一艘核潜艇材料试验。继李四光之后,李林和邹承鲁先后成为中国科学院院士,实现了一家两代人科学报国的共同理想。

我在写数学家华罗庚的故事时,曾写到一个细节:1979年,华罗庚访问英国时,有位女学者问他:"华教授,1949年您回国后,感到后悔过吗?"华罗庚不假思索,立刻豪爽而坚定地回答她说:"为什么会后悔?一点也不后悔!我回国,就是要用自己的力量为祖国做些事情,并不是为了图舒服。一个人活着,不应是为了个人,而是为了祖国母亲!"

我国第一代核潜艇总设计师、"共和国勋章"获得者黄旭华院士,他选择的报国之路,是"以身许国",为了国家利益而隐姓埋名、远离亲人和朋友三十余载。他就像一位"骑鲸蹈海"的老船长,经历过一次次的惊涛骇浪;他全程参与了新中国核潜艇从无到有、从弱到强的曲折征程,恪守着"干惊天动地事,做隐姓埋名人"的铮铮誓言,把一生的奋斗故事,写在万顷碧波深处。他这样袒露过自己的人生选择:"我非常爱我的夫人,爱我的女儿,爱我的父母。但是,我更爱国家、更爱事业、更爱核潜艇。在核潜艇这个事业上,我可以牺牲一切! ……此生属于祖国,此生属于事业,此生属于核潜艇,此生无怨无悔!"我创作的黄旭华院士的传记《此生属于祖国》这个书名,以及全书的情感基调,也源于此。

是啊,有谁能比拥有这样一位伟大的祖国母亲更幸福、更值得骄傲和自豪的呢? 在这片辽阔的国土上,在这个像石榴籽一样紧紧抱在一起的大家庭里,哪怕是从事着最平凡的工作的劳动者,只要一想到我们是在自己祖国的土地上生活、劳动和奉献着,都会立刻感到一种踏实、光荣、幸福和安全感,而任何困难,也不能把我们吓倒和压倒。

只拣儿童多处行

　　1981年我十九岁。有一天,在鄂南一个偏远的小镇上,买到了上海译文出版社出版的、苏联作家康·巴乌斯托夫斯基的散文名著《金蔷薇》(李时译)。简洁朴素的白色封面上,印着两支金色的蔷薇,"金蔷薇"三个字,是用钢笔书写的漂亮行草。从那时起,这本《金蔷薇》几乎成了我爱不释手、常读常新的"宝书"。虽然这本书后来又出过新的版本,但都没有这一版朴素可爱。如果要选出一本对我的写作影响最深的书,而且只能选一本,那么毫无疑问就是这本《金蔷薇》了。

　　这本书的扉页上,有一行用括号括起来的小字:关于作家劳动的札记。可见,这是作者用散文笔调写的一本关于作家与创作的故事集。其中有他自己的生活与创作故事的讲述,也有一些世界经典作家和诗人,如安徒生、普希金、雨果、福楼拜、莫泊桑、契诃夫、盖达尔、布洛克、高尔基等人的创作故事。许多中国作家耳熟能详的《珍贵的尘土》《碑铭》《闪电》《夜行的驿车》《心上的刻痕》等等,都是这本书里脍炙人口的名篇。《珍贵的尘土》《夜行的驿车》等篇什,虽然写的也是作家的生活经历或作品诞生的过程,但作者凭着优雅的想象和高超的叙事能力,把这些故事写得像精彩的短篇小说一样引人入胜。

　　在我看来,《金蔷薇》是一本文笔活泼、举例生动的"写作教科书"，比我读大学时写作课使用的《写作基础知识》的教材，要有意思得多。它们有的是意境清新隽永的散文，有的是情节曲折动人的小说，有的又显然是在探讨诸如灵感、构思、素材、观察与想象、细节描写、人物性格的刻画、语言的精确性等等具体的文学现象和创作经验，是一些地地道道的"创作谈"。

书中的最后一篇文章很短，题目是《对自己的临别赠言》，其中写道："第一卷记述作家劳动的札记就止于此了，我清楚地感到，工作只是开始，前面是无边的旷原……"接着还有一段话，给我留下了深刻的印象，一直难忘。他说："这本书的写作，好像在陌生的国土上旅行，每走一步都可以发现新的远景和新的道路。它们不知把你引向何方，但却预示着许多助长思考的意外的东西。"没错，一本好书，就应该是这样，能带给你很多"助长思考的意外的东西"，不仅仅是感动，也不尽是惊讶，还有更多的狂喜。

果然，在写完《金蔷薇》之后，巴乌斯托夫斯基意犹未尽，又写出了堪称《金蔷薇》的"姊妹篇"的另一本散文名著《面向秋野》，继续向读者讲述自己的一些生活际遇和创作体会，也讲述了契诃夫、库普林、普里什文、费定、阿·托尔斯泰、盖达尔、巴别尔、安徒生、席勒等作家和诗人的文学故事。

说到作家们的生活、灵感与创作的秘密，很多作家可能马上就会想到《金蔷薇》里的那篇《珍贵的尘土》。作者在这篇故事里讲到，生活在巴黎的一位老清洁工约翰·沙梅，每天深夜都会用一个小小的筛子，把从一些首饰作坊里收集回来的尘土簸来簸去，筛出那些隐约可见的粉末般的金屑。日积月累，他竟然积攒到了可以铸成一小块金锭的数量。他把这些金屑铸成了一块小小的金锭，用它打成了一朵金蔷薇，送给了一位贫苦的、但对生活仍然抱有美好期待的少女……

巴乌斯托夫斯基从这件事情联想到了作家们的劳动。他说，每一个刹那，每一个偶然投来的字眼和流盼，每一个深邃的或者戏谑的思想，人类心灵的每一个细微的跳动，同样，还有白杨的飞絮，或映在静夜水塘中的一点星光——都像是金粉的飞扬的微粒，而作家们的工作，就是要付出十几年甚至几十年的时间，去寻觅它们、筛洗它们、积攒它们，然后把它们铸成小小的合金，最终锻造成自己的金蔷薇。

作家们的生活和创作是如此，那么，描述作家们的生活和劳动，探访和记录作家们（包括作者自己）的生活、阅读和写作的秘密，又何尝不是与收集和筛洗那些珍贵尘土的劳动相似呢？为了一点点金屑的微弱的光芒，而不断地收集、筛洗珍贵的尘土的人，付出漫长的时间，付出心血、智慧和艰辛，更多的人则作为一个幸福的读者来享受成果，得到一朵沉甸甸的金蔷薇，这是一件多么好的事情。

也许，正是因为最初接受了《金蔷薇》的"启蒙"和润物无声一般的影响——当然，在读到《金蔷薇》的同时，我还读到了老作家艾芜写的一本《文学手册》和贾植芳翻译的《契诃夫手记》。这也是两本类似"写作课"的书，它们对我也有潜移默化的影响——我在后来的写作中，除了通常意义上的"作品"，同时也写下了不少《金蔷薇》式的"关于作家劳动的札记"。这些文学札记，有的是记录阅读别人的作品的感受，有的是对作家同行的创作心理的揣摩与想象，还有的就是对自己的一次次创作经历的记录，说是"创作谈"或"创作手记"，皆无不可。这样的文字慢慢积攒下了不少。

也常有一些读者，尤其是少年读者这样问我：写作有秘诀吗？你的写作秘诀是什么？当作家需要哪些基本功呢？作家每一本书的写作背后，有什么不为人知的故事吗？等等。那么，《只拣儿童多处行——徐鲁创作手记》，就是我用散文笔调写下的一本记录我自己的"关于作家劳动札记"。

说它是一本作家的"写作经验谈"，一本写给青少年读者的读写"入门书"，也许有点夸张了，但书中记录的一些作品背后的故事，一些在创作之初的酝酿、采风、和阅读准备，还有在作品出版之后才猛然发现的得失与遗憾……所有这些，对热爱文学、怀有写作梦想的青少年读者来说，如何正确地去阅读和理解一部作品，如何从提升语文能力、领略母语之美的角度去欣赏文本，从而获得审美发现，享受阅读之乐，滋养自己的文学和人文修养，也许不无借鉴和参考的"实用"意义。

书中的每篇创作手记，都是基于贴近现实生活、讲好中国故事、为时代画像和立传的创作初心，从写作得失的角度，针对自己近些年来创作的各类作品，写出自己的一些体会与感受。全书从不同文体的角度，分为小说创作、纪实文学创作、图画书创作、诗和散文创作等五辑。其中最后一辑"为小孩子写大文学"，虽然不是严格意义的创作手记，但也是与文学相关的所思、所想与所忆的散记，个中滋味，颇为近似。

文心可测亦可鉴，文心雕龙也雕虫。既然作家的创作也是一种"劳动"，那就没有那么多的玄虚神秘和高深莫测。我喜欢鲁迅先生在《忆刘半农君》一文里写到的刘半农的"浅"："他的浅，却如一条清溪，澄澈见底，纵有多少沉渣和腐草，也不掩其大体的清。"我希望，自己的每一篇创作手记的"文风"是平实和亲切的，娓娓道来，如话家常，也就是人们常说的"谈话风"。所谓"谈话风"，就是行文平实、自然、清浅、耐心，甚至不惮于把文章写得如同和孩子说话般的"一清如水"。当然,这只是我心目中的一个标准,实际上自己并没完全做到。

诗人里尔克在《给青年诗人的十封信》里,忠告那位年轻的诗人:"你得守住你的寂寞",我也想对自己的这本书说一句同样的话:你得守住你的寂寞。

不过,身为一名儿童文学作家,我的心中还有一个信念,那就是冰心老人在《只拣儿童多处行》这篇散文的结尾写到的:"朋友,春天在哪里?当你春游的时候,记住'只拣儿童多处行',是永远不会找不到春天的!"

后记

　　有人曾向俄罗斯作家、《悬崖》的作者冈察洛夫建议：请您写一写某个事件、某一类生活，或是写一写某个男女主人公吧。对此，冈察洛夫坦诚地说道："我不能，我不会。在我本人心中没有诞生和没有成熟的东西，我没有看见、没有观察过，也没有深切关怀的东西，是我的笔杆接近不了。我有自己的园地，自己的土壤，就像我有自己的祖国，自己的家乡的空气、朋友和敌人，自己的观察、印象和回忆的世界——我只能写我体验过的东西，我清楚地看见过和知道的东西。"

　　"我只能写我体验过的东西，我清楚地看见过和知道的东西。"我愿意把这位俄国经典作家的话奉若圭臬。我的散文写作，其实也一直在遵循着这样的原则。

　　非虚构的叙事文学，有过一个鼎盛时期，然后逐渐式微。近些年随着主题出版的推动，报告文学重新活跃起来。报告文学属于非虚构文学，但不等于"非虚构"。非虚构的范围更为宽泛，除了报告文学，还包括人物传记、纪实散文等。

　　如何看待文学中的虚构作品与非虚构作品？我有一个通俗和简单的说法：好的虚构作品，就是能把子虚乌有的故事写得像活生生发生的故事一样真实鲜活；而好的非虚构作品，就是能把真实的事件写得像虚构的故事一样引人入胜。这就是虚构和非虚构的区别。

无论是报告文学还是更宽泛的非虚构的纪实散文,共同的前提都是"文学"。也就是说,仅仅有真实的报告、有严谨的纪实是不够的,还必须具有文学作品所应具有的文学品质。怎样才能写好非虚构文学? 我认为至少以下三点不可缺失:

　　第一,没有对自己笔下的主人公(无论是杰出的功勋人物还是平凡的奋斗者与普通劳动者)的真挚的敬仰与热爱,没有一种强烈的家国情怀,没有一种清晰和正确的价值观,是写不好这类非虚构文学。它关乎文学,更关乎情怀和价值观。

　　第二,无论是多么真实的报告、纪实、传记,都绝不意味着对文学品质和标准的降低或放弃,恰恰相反,它要求作者把这些真实的故事讲述得更加精彩动人。有时候,只要描述得当,文学的味道也自在其中了。但如何描述得当,就是对作者的文学功底的考验。

　　第三,纪实散文和所有非虚构文学作品,都不应是书斋和沉睡的史料的产物,而是从火热的现实生活中发现和采撷的鲜活的人物与故事。所以这类作品要求作者必须"接地气",必须是深入生活一线,亲身用身体和脚步丈量和行走出来。报告文学曾有"轻骑兵""报春花"之说,这意味着它要求作者必须做到"插柳莫让春知晓",必须做到"春江水暖鸭先知"。

　　回忆起徐迟先生在世时,手把手指导我写作散文和报告文学时,有一些例子,我记忆尤深、很是受用。他说,报告文学要写得精彩,可以用歌德自传的题目"诗与真",作为标准之一。"诗"就是指它的文采与情怀,或者说它的"文学性";"真"当然就是它的前提:真实性。写真实的人物故事,要做到"大节不亏、小节不拘",主人公的大事件一定要真实,禁得起检验,不能虚构,但小的细节上可以较为自由地做一些"文学化"处理,增强它的文学色彩。当然,前提也必须是合情合理的"文学化"。

徐迟先生举了自己创作中的两个小例子。一是写李四光的那篇《地质之光》，结尾处写到李四光在他的办公室里对同事们讲了一番他对中国地下矿藏的未来的畅想，然后写道："说到这里，白发苍苍的李四光眨眨眼睛，笑了一笑，轻轻拨动他桌上一个地球仪，一下子使小小寰球急速地旋转了起来。"整个作品就在这里结束了。这很像一篇小说的结尾。这个细节，徐老说是他想象和虚构的，但是非常合理。后来我也写了一本关于李四光的故事。李四光的外孙女邹宗平老师带我去看李四光先生的办公室，我第一眼就看到，他的办公桌上依然还摆放着那架地球仪。我当时马上就想到，徐老笔下的那个细节是在真实基础上的"合情合理"的想象。

另一个例子是徐迟先生的报告文学名篇《祁连山下》。全篇写了两个人物，一是敦煌艺术家常书鸿，一是地质学家孙健初。这本来是不相干的两个人物，如何让这两个人物故事在一篇作品里形成整体、产生交集呢？徐老曾设想了好几种方案，最后写了这样一个细节：

书鸿的夫人叶兰因为忍受不了敦煌的寂寞，终于不辞而别，有一天骑着马离开了敦煌。书鸿得知后，在月光下骑马追去，结果没追多远，眼前发黑，从马上倒了下来，失去了知觉……当他醒来的时候，耳边响起一些声音："好了，好了，醒来了！"原来他已经被在沙漠上跋涉的孙健初等一帮勘探队发现，经过抢救，苏醒了过来。两个生活在祁连山下的人物，就这样产生了交集。

这个细节，也是徐老合理的虚构。他说，作品发表后，几乎没有任何人质疑过这个细节的真实性。但它确实是这篇非虚构作品里的一个完全虚构的细节。这两个小例子，也让我体会到，报告文学里的文学性、戏剧性，应该怎样去实现才是合情合理的。

至于我对自己的非虚构写作的期许,简单说来就是:它关乎文学,更关乎情怀;它需要在场,更需要立场。今后我的非虚构写作题材,肯定也会越来越多。这是因为磅礴的时代、火热的生活给予作家的题材层出不穷,有的人物和故事本身所具有的感人的力量,远远胜过任何虚构的、小说化的故事。作家的责任就是努力去挖掘和讲好这些故事,所谓"讲好",那就是要在真实性的前提下富有艺术性。也许,只要描述得当,你的思想、观点,甚至文学性,也就自在其中了。

汪曾祺先生说过一句话:无论从事什么形式的创作,首先都需要把散文写好。一个写作的人连散文都写不好,很难想象能写好其他的文学形式。

我喜欢写散文。但几十年写下来,回头一看才发现,这是一个从追慕华丽到回归平实的过程。不同的年龄段里,有不同年龄段里所心仪的文风。钱锺书先生《谈艺录》开篇就说"诗分唐宋":"唐诗多以丰神情韵擅长,宋诗多以筋骨思理见胜";"一集之内,一生之中,少年才气发扬,遂为唐体,晚节思虑深沉,乃染宋调"。我写散文大致也是这样,青年时代激情澎湃,写了很多语言华丽、感情上"浓得化不开"的抒情散文。后来渐渐厌倦了这种抒情,也慢慢认识到这种文风是浮夸和矫情的,文笔平实自然的,才是好散文。

在文学启蒙阶段,我印象很深的还有《包身工》《长江三日》《古战场春晓》等几篇课文,都是我很喜欢的,也是现代散文名篇。读夏衍的《包身工》,有意或无意地记住了这样的句子:"黑夜,静寂得像死一般的黑夜。但是,黎明的到来,毕竟是无法抗拒的。梭罗警告美国人,当心枕木下的尸首,我也想警告某一些人,当心呻吟着的那些锭子上的冤魂。"何其有力的语言。读刘白羽的《长江三日》,最欣赏的也是文中引用的那些抒情的句子,比如:"前进吧! 这是多么好啊。这才是生活啊。""天空啊,云彩啊,以及整个生命的美,并不只存在于佛龙克,用得着我来跟它们告别? 不,它们会跟着我走的,不论我到哪儿,只要我活着,天空、云彩和生命的美,都会跟我同在。"

这样的散文风格,大致就是钱锺书先生所说的"少年才气发扬"和"以丰神情韵擅长"的"唐体"。

那么,归于平实的散文文风,是什么样的呢? 在我心目中,就是鲁迅《朝花夕拾》的文风,是叶圣陶、孙犁、汪曾祺的文风。

也举一个例子。孙犁在《秋凉偶记》有一小篇"扁豆",区区几百字,写战争年代里,他住在一位单身的老游击队队员家里,结尾写道:"每天天晚,我从山下归来,就坐在他那已经烧热的小炕上,吃他做的玉米面饼子和炒扁豆。灶上还烤好了一片绿色烟叶,他在手心里揉碎了,我们俩吸烟闲话,听着外面呼啸的山风。"

在我看来,这样的文字真是返璞归真、洗尽铅华,一句话就能写出有着无限辽阔的意境和无限苍凉的心情。

孙犁先生的《觅哲生》,也是一篇不足千字的散文,写的是对战争年代里失散了的一位青年学生的怀念,结尾这样写道:"越到晚年,我越想:哲生到哪里去了呢? 有时也想:难道他牺牲了吗? 早逝了吗? "至此便戛然而止。无论是感情和文字,都节制到如鲁迅所说的向子期的《思旧赋》的境界,"寥寥的几行,刚开头却又煞了尾"。但是,留在文字之外的"青春遗响",却又那么沉痛可感。

当然,无论是华丽还是平实的文风,前提都应该讲究描述的精确。越是精确的语言,越是生动传神的。这一点,鲁迅先生的散文语言可以成为我们永远的范本。

再举一个小例子。有一种属于北方草原的、发生在冬末春初的气候现象,在俄罗斯作家陀思妥耶夫斯基、普里什文等人的作品里,我多次读到过,有的翻译家译为"潮雪天气",对此我一直不得要领。黑鹤的小说里对这种独特物候有描写:"天空中落着湿雪,已经开始降温了。当时草原正在酝酿着春日里的最后一场雪,空气中的水分凝结成雪,需要释放出热量。此时,绵软的雪片正在飘落,而气温又没达到冰点,雪在迅速地融化。"读到这里我明白了,"湿雪"就是"潮雪",原来就是一种"雨夹雪"的天气。黑鹤描写草原黄昏的落日:"黄昏的阳光如同熔化的铜液一般流淌在草原上……"因为他熟谙北方草原的天气变幻、物候特征,所以他对细节的描述就十分准确。只有描述得准确得当,才能达到生动传神的效果。过分的渲染和铺排,文风必然是华丽和夸饰。

自1993年1月在《散文》上刊发《载不动,许多愁——沈从文在双溪》,1995年应邀为该社编选恩师的《徐迟散文选集》迄今,作为"百花"作者,倏然已逾三十年矣。深深感谢百花文艺出版社一代代编辑老师对我的鼓励和加持。

2024年4月18日,农历谷雨,于武昌梨园